# 生贄として捨てられたので、辺境伯家に自分を売 す

~いつの間にか聖女と呼ばれ、溺 した~



23652

角川ビーンズ文庫

# CONTENTS

ジークハルト・
ウル・ディンケル

ディンケル辺境伯子息。
その強さで騎士として
最前線で魔物の
侵攻を防いでいる。

ルアーナ・チル・
アルタミラ

伯爵令嬢だが、
魔導士としてディンケル
辺境伯領に派遣される。

# 生贄として捨てられたので、辺境伯家に自分を売ります

～いつの間にか聖女と呼ばれ、溺愛されていました～

CHARACTERS

### アイル・エス・ディンケル

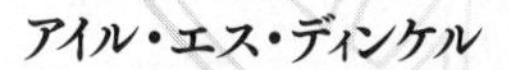

クロヴィスの妻でジークハルトの母。
二年の間、魔物に負わされた傷がもとで
眠り続けている。

### クロヴィス・エタン・ディンケル

ディンケル辺境伯家の当主。
ルアーナの隠された光魔法の
可能性に気づく。

## アルタミラ伯爵家の人々

ルアーナを婚外子として虐げ、辺境伯領へ追いやる。

**ヘクター・ヒュー・アルタミラ** ✦ ルアーナの父、伯爵家当主。

**デレシア** ✦ 伯爵夫人。実の娘ではないルアーナを嫌悪している。

**グニラ** ✦ ルアーナの義兄。炎の魔法を操る。

**エルサ** ✦ ルアーナの義姉。その美貌で公爵子息との婚約が決まっている。

本文イラスト／ＲＡＨＷＩＡ

# プロローグ

「ルアーナ、お前を辺境の地ディンケルに派遣することになった」

アルタミラ伯爵家の当主であるお父様の執務室に久しぶりに呼ばれたのだが、いきなりそんなことを言われた。

お父様の隣にはお義母様がいるが、私をとても冷たい視線で見下している。

だけど、辺境の地に私を派遣？　よくわからない。

「どういうことでしょうか？」

「言葉通りの意味だ。辺境の地に我が伯爵家から魔導士を派遣することになったので、お前を行かせることにした」

「……なぜ私なのでしょうか？」

アルタミラ伯爵家は魔導士の一族なのだが、派遣ということは伯爵家の代表として辺境に行くということだろう。

お父様達は私を「アルタミラ伯爵家の人間ではない」と言い続けていたはずなのに。

「お前が一番、この派遣に相応しいと思ってな」

そう言ったお父様の顔は、とても醜く歪んだ笑みを浮かべていた。

何か裏があるらしいわね、そうじゃないと私にそんな大事な仕事を任せないはず。

「派遣って、いったい私は何をすれば……」

「うるさいわね！　もうあなたに話すことはないわ！　早く私の前から失せなさい！」

お義母様がいきなり私にそう怒鳴ってくる。

私が婚外子、お義母様の子どもじゃないから、家族の中でお義母様が一番私を嫌っている。

「これであなたと一生顔を合わせないで済むんだから、せいせいするわ」

お義母様の言葉に疑問が湧く。

一生？　私はディンケルという辺境の地にずっと住むということ？

わからないけど、またここで質問をするとお義母様に怒られる。

「……かしこまりました。失礼します」

私はこれ以上お義母様を刺激しないようにそれだけ言って、部屋を出ようとする。

ドアに手をかけた瞬間、後ろから声をかけられる。

「何をすればいいか、と聞いたな。お前は何もしなくていい。ただ、私達の生贄となってくれればいいのだ」

「そうね、あなたは死んでくれれば、それでいいわ」

「……」

私は困惑しながらも、最後に一礼してから何も言わずに部屋を出た。

自分に用意されている部屋に戻るために廊下を歩きながら、さっきの言葉の真意を考える。

生贄、死んでくれればいい？

あの二人にそう言われたことに対しては、特にショックを受けているわけじゃない。

仮にも両親だが、いつもそのくらいのことは言われてきた。

お前を産ませたことは失敗だ、死ねばいいのに……そんなことは何回も言われている。

だけど今回のは、本当に私が死ぬことが確定して喜んでいる、というように感じた。

辺境のディンケルに派遣とは、何なのだろうか。

そんなことを考えながら歩いていると、目の前に二人の男女が現れた。

どうやら私のことを待っていたようだ。

「よう、ルアーナ」

「ふふっ、出来損ないの妹が来たわね」

「グニラお義兄様、エルサお義姉様」

この二人はお義母様――デレシア伯爵夫人の息子と娘。

私よりもいくつか年上で、婚外子の私を見下している。

「何か御用でしょうか？」

「別に、お前の顔が見られなくなるから、最後にお前のアホみたいな顔を拝みに来ただけだ」

「ほんと、邪魔な妹がこれからいなくなると考えると、本当に嬉しいわね」

二人も醜く顔を歪めながら笑ってそう言った。

何のことか全くわからないので、私は何も反応ができない。

「私は辺境の地ディンケルに派遣されるようですが、それで一生会えなくなるのですか？」

「なんだ、お前知らないのか？　ディンケルがどんな場所なのか」

「ああ、やっぱり無知で馬鹿な妹ね」

二人はまた馬鹿にしたように言う。

外の状況を知らないのは、家族のあなた達が私をずっとこの屋敷から出さずに何も情報を与えてくれないからなんだけど。

まあもう家族だなんて、私もあちらも思っていないけど。

「しょうがない、馬鹿なお前に教えてやろう。ディンケル辺境伯領というのは、魔物に襲われ続けている死地だ」

「襲われ続けている？」

「辺境のディンケルでずっと魔物の侵攻を止めているのだ。最近になって魔物の活動が活発になり、そのため魔導士の一族である我がアルタミラ伯爵家の中からも一人、派遣しないといけないことになったのだ」

「そんな死地に行くなんて、死ねと言われているようなもの。私もグニラお兄様も死にたくない。そこで……あなたに行ってもらうことになったのよ」

……なるほど。

ディンケル辺境に派遣されると魔物と前線で戦い続けることになる、ということか。

魔導士の一族と言っていたが、私はこの人達に魔法を一切教わってない。

それなのに行け、というのか。

「お前が家に来た時は邪魔だと思ったが、まさかこんなところで役に立つとはな」

「本当に、出来損ないの妹だけど、私達のために生贄になって死んでくれるのは、本当に嬉しいわ」

心底安心しているように、二人は私のことを妹ではなく、もはや人間としても扱っていないように平然と言い放つ。

本当にこの人達は、救いようのない人間だ。

「じゃあな、もうお前と会うことはないだろうが」

「あなたは死ぬくらいでしか役に立てないんだから、せいぜい前線でも味方の盾になって死になさい」

とても醜い笑みを浮かべて、私の反応を窺ってくる。

私が怖がって青ざめた顔をするのを期待しているのだろう。

しかし私はできるだけ綺麗な笑みを作る。

「教えていただきありがとうございます、お義兄様、お義姉様。前線で頑張ります」

「……ふん、つまらない奴め」

「あなたじゃどうせ、肉の盾にすらなれないわ」

二人はそんな最低な捨て台詞を吐きながら、どこかへと去って行った。

私は自分に用意されている屋根裏の部屋に戻った。

私は婚外子で、平民の母親から生まれた。

十歳の頃に母親が病気で亡くなり、アルタミラ伯爵家にやってきた。

だから私だけ本当の家族ではない、ということでとても嫌われていた。

アルタミラ伯爵家の中で、一人だけ髪色が青色というのも嫌われる要素のひとつだった。

家族全員が真反対の色、赤色の髪だったからだ。

平民の子だから魔法の才能も一切ない、と罵られて、満足に食事もさせてもらえない日々。だから身体つきは十五歳にしてはかなり貧相だ。

髪も手入れできないので、ごわごわしている。

毎日を屋根裏のほとんど光もないこの部屋に押し込められて過ごしていた。

自分でもよく耐えられたな、と思うほどだ。
まあ、ちょっとした理由はあるんだけど。
これから、私はアルタミラ伯爵家に生贄として捨てられる。
だけど簡単に死ぬつもりは、一切ない。
こんな家族から捨てられるなら、むしろありがたい。
絶対に、生き延びてやるわ……！

# 第1章　辺境伯に自分を売る

数日後、私は辺境ディンケルの地に着いた。

多少は準備期間があると思っていたのだけど、私はお父様に命じられた日の翌朝、もう馬車に乗せられていた。

さすがに王都からは距離があって、到着までは結構日数がかかった。

その間、最初はアルタミラ伯爵家の馬車で移動していたんだけど、古臭い荷馬車に乗っていたので、本当に身体が痛すぎた。

あの人達は私に全く費用をかけたくないらしい。

だけど途中でディンケル辺境伯家の馬車に乗り換えてからはとても快適だった。

私がアルタミラ伯爵家の代表として派遣されていると思っているからか、とても丁重に扱ってくれる。

魔導士一族の伯爵家が戦場に派遣する人が生贄なんて、誰も思わない。

ディンケル辺境に着くと、まず私はディンケル辺境伯クロヴィス様に挨拶することになった。

とても広い城のような屋敷に入ると、執事さんにクロヴィス様のもとへ案内される。

「ルアーナ様、こちらです」

「は、はい」

大きな扉の前に立ち、一度深呼吸をする。

緊張するけど、私の人生はここで決まると言っても過言ではない。

私はクロヴィス様に、自分を売り込むのだから。

扉が開かれると、目の前には執務室にしては豪華な玉座の間のような部屋。

正面に大きな机があり、そこに男性が座っている。

銀髪に整った綺麗な顔立ち、とても鋭い視線で私をジッと見ていた。

この人がクロヴィス・エタン・ディンケル様。

確か年齢は私の父親と一緒くらいのはずだけど、恐ろしく顔立ちが整っていて威圧感もあり、とても若く見える。

「クロヴィス様、アルタミラ伯爵家から派遣されてきた方をお連れいたしました」

私を連れてきてくれた執事さんがそう言った瞬間、クロヴィス様が眉を顰めた。

「何？　どういうことだ？」

私の身体を上から下まで見て、子どもだと思ったようだ。

十五歳なのでそこまで子どもではないのだが、見た目はもう少し幼く見えるだろう。

「アルタミラ伯爵家からは魔導士が来るはずだが？　この痩せ細った子がその魔導士だと？」

「私は伯爵家からの通達のとおりにお連れしたのですが……」

「はぁ……どうやらアルタミラ家は皇室派閥ということで、調子に乗っているようだな」

クロヴィス様は大きくため息をついた後、私をジロッと睨んでくる。

「お前、名前は？　歳はいくつだ」

「ルアーナ・チル・アルタミラと申します。十五歳です」

「なに、十五だと？」

身長も低く顔も童顔なので、やはり十五歳には見えなかったようだ。

隣に立っている執事さんも驚いているような雰囲気がある。

「アルタミラ家の子は男が一人、女が一人でどちらも十八を超えていたはずだ」

「私は婚外子で、五年前からアルタミラ伯爵家で暮らしております。その事実はあまり知られていないかもしれません」

あの人達のことだ、私の存在を他の貴族に隠していてもおかしくはない。

「婚外子だと？　隠していた子どもを、自分達が戦場に行きたくないから送ってきたのか。チッ、クソだな」

さらに苛立ちが増した様子のクロヴィス様、やはり威圧感がすごくて少し怖い。

だけど怖気付いている暇はない、私はこの人に自分を売り込みに来たのだから。

「さて、どうするか……」

クロヴィス様が、私の処遇か、それともアルタミラ伯爵家に対してどうするかについて考え始めたようだ。

このままだったら私はすぐにここを追い出されるかもしれない。

話をするなら、今だろう。

「クロヴィス様、発言の許可をお願いいたします」

「……ああ、なんだ？」

「ありがとうございます。私は魔導士としてはまだまだ未熟ですが、魔法は使えます。必ず戦場で役に立ちます」

「ほう、魔導士として未熟だと自覚しながらも？　魔法を使えるだけで戦えると思っているのか？」

クロヴィス様は私のことを見下ろすように睨んでくる。

言葉が詰まりそうになりながらも、私は話を続ける。

「き、希少魔法を使えます。四大魔法じゃないものです」

私は伯爵家では全く魔法を教わらなかったけど、伯爵家に来る前に特殊な魔法を発現させていた。

　私を産んでくれた実母は魔法に少し詳しく、私が目覚めさせたのが四大魔法ではないということを教えてくれた。

　そして他人にあまり言わないようにした方がいい、と言い聞かせた。

　四大魔法とは、地・水・火・風の四つの魔法のことだ。

　希少魔法はその名の通り、四大魔法に属さない全く別の魔法で、使える人が非常に少ない。

　貴族の中にもほとんどいなくて、実母が言うには私の希少魔法はその中でも特殊で、妬まれて面倒なことが起こる可能性が高い。

　だから他人には教えないようにと言われていたので、私はアルタミラ伯爵家の誰にも言ってはなかった。

　あの人達は家族じゃなかったから。

　クロヴィス様も他人だけど、ここで私は賭けに出た。

　そうしないと、私はこのまま追い出されて野垂れ死ぬかもしれないから。

「希少魔法？　なるほど、悪くはないが戦闘に役に立たない魔法だったら意味はないぞ」

「っ……」

　そう、それが私にはわからない。

　希少魔法は珍しいだけで、強いわけではないこともあるらしい。

私の希少魔法がどれだけ使えるものなのか、私にもわからない。

「お前が使えるという希少魔法はなんだ？」

「それは――」

答えようとした時、扉からノックの音が響いてきた。

ビックリしてしまい、一瞬だけ言葉が出なかった。

「辺境伯様、御子息様をお連れしました」

部屋の外からそんな声が響き、クロヴィス様が「ああ」と思い出したように声を出す。

「そういえば呼んだんだったな。入れ」

クロヴィス様は扉の方に声をかけた。

まだ私と喋っているんだけど……それだけ重要な人が来るのか、私が全く重要だと思われていないのか。

扉が開いて入ってきたのは、男性だった。

身長が高くスラッとしていて、顔立ちも整っているがどこかまだ子どもっぽく見える。

青年という感じなのだが、どこかで見覚えが……あっ！

私は正面に座るクロヴィス様を見てから、もう一度入ってきた男性を見る。

クロヴィス様を少し幼くした顔立ち、髪の色も銀で全く同じだ。

つまりこの人は……。

「ジーク、よく来たな。前線はどうだ？」

「いつも通りですよ、父上。何人かが怪我をして、何人かが死んで、魔物の侵攻を止めているだけです」

クロヴィス様を父上と呼んだこの人は、やはりクロヴィス様の御子息のようね。

喋りながら私の隣に来た、ジークという男性。

身長はやはり高く、私と頭二つ分くらい違う。

一瞬だけ私のことを見下ろしてから、クロヴィス様の方を見る。

「で、父上。このガキはなんですか？」

「っ、ガ、ガキって……」

まさかそんな失礼なことを言われるなんて思わず、ショックを受けてしまう。

「その子はアルタミラ伯爵家から来た子だ」

「はっ？　魔導士が来るはずじゃなかったんですか？　なんでこんなガキが？」

に、二回も言われた……。

この人、本当にクロヴィス様の子息？

容姿は似ているのに、雰囲気は全然似ていない。

クロヴィス様は厳かで威圧感のある雰囲気なのに、この人からは口調のせいもあるのか軽い印象を受ける。

「その子は希少魔法を使えるとのことだ、魔導士としてはまだ未熟のようだがな」

「はっ、希少魔法なんてただ珍しいだけで、役に立たないことの方が多いでしょ」

「ずっとガキと言っているがジーク、お前と同い年だぞ」

「はっ⁉　十五歳⁉　こんなガキが⁉」

とても驚いた様子で、私を見下ろしてくる。

この人も私と同じ十五歳なのね、容姿だけを見ると私よりも年上みたい。

精神年齢はとても幼そうだけど！

「本当にお前、十五歳なのか？　嘘ついてるだけじゃねえの？」

無遠慮に、そして敬語も取って私にそう聞いてきた。

なんだか、少しムカッとするわね。

「本当よ。証明することはできないけど」

「へー、お前みたいなチビがね」

「あなたも十五歳なの？　見た目は年相応かもしれないけど、言動がまるで子どもね」

「はっ？　なんだと？」

上から見下ろして睨んでくるけど、私も負けじと睨み返す。

私はあのクソみたいな家で五年間も耐えたのよ、こんな奴の視線なんかに負けないわ。

「ふん、生意気な女だな」

「生意気で結構よ」

「ふっ、仲良くなりそうで何よりだ」

「なりません！」

クロヴィス様の言葉を否定したら、私と同じ言葉を被せてきた。

また同時にお互いを睨む。

「それで、ルアーナ。お前の希少魔法について教えてもらっていいか？」

あ、そうだ、まだクロヴィス様の質問に答えていなかった。

ジークとかいう変な男性が来たせいで。

「はい、私の希少魔法は、光です」

「っ……光、だと？」

私の言葉を聞いた瞬間、クロヴィス様の目が鋭く光った。威圧感も増した気がする。

私には光魔法が強いかどうか、全くわからない。

というか正直、弱いかもしれないと思っている。

屋根裏部屋の暗闇を照らすのにはとても役立ったのだけど、それ以外の使い道がわからない。

「それは本当に光魔法か？　違うものではないのか？」

「えっ？　いや、多分そうだと思うのですが……」

「なぜ自分の魔法が光だと？」

「私は屋根裏……あの、暗い部屋で過ごすことが多かったのですが、その時に自分の魔法で光を出していました」

「火ではなく、光か？」

「はい、光の球です」

なぜ疑われるのだろうか？

ここまで言われると、私も自分の魔法が光なのか不安になってくる。

亡くなった母が「光魔法は希少だからね、隠しておいて」って言ったから、そう信じていたけど……。

クロヴィス様は険しい顔で私を睨んでくるが、嘘はついていないので視線は逸らさない。

しばらくしてクロヴィス様が表情を緩めて、「ふむ」と頷いてから喋る。

「そうか、それが本当だったら、ルアーナ。お前は使えるかもしれない」

「っ、本当ですか？」

「ああ、すぐに前線へ行ってもらう……と言いたいところだが、まずはお前の魔法をしっかり調べよう。訓練場に向かおうか」

クロヴィス様が立ち上がりながら、ジークに声をかける。

「ジーク、お前も来い」

「えっ、俺もですか？　なんで俺がこんな奴のために……」

「いいから、来るんだ」

「……はいはい、わかりましたよ」

ジークは頭をかいて、ため息をつきながら了承した。

クロヴィス様にこんな態度を取っていいのかと思ったけど、彼は息子だから大丈夫なのよね。

態度や言葉は乱暴だけどお互いへの信頼が見えるから、その関係性が少し羨ましい。

私はアルタミラ伯爵家ではずっと重苦しい雰囲気で、ふざけたり冗談を言ったりしたことは一度もなかった。

家族と会話することもなかったし、使用人達も私をアルタミラ伯爵家の一員と認めていなかったから、ずっと下に見られていた。

「おい、お前。名前は、ルアーナだったか？」

「えっ、あ、うん」

「早く行くぞ」

ジークはそう声をかけてから、私の前を歩いて部屋を出た。

私も慌ててついていき、ジークの隣に立って歩く。

クロヴィス様もジークも身長が高いので、私は早歩きをしてついていく。

「お前、さっきの話ってなんだ？」

「えっ、何の話？」

「屋根裏がどうこう、って話だよ」

ああ、私が光魔法の説明をした時の話ね。

さっきは言いかけてやめたけど、別に言ってもいいわよね。

「私がいつも光がほとんど当たらない屋根裏部屋で過ごしていたって話よ」

「はっ？　どういうことだよ、伯爵家なら部屋は余るほどあるだろ」

そういえばジークには私が婚外子（こんがいし）だって言ってなかったわね。

「私は婚外子だったから、アルタミラ伯爵家の家族と思われてなかったのよ。部屋は当然余っていたけど、使わせてもらったことはないの」

「……そうかよ」

ジークはそう言って黙（だま）って歩き始めた。

私も別に不幸自慢（じまん）をしたいわけじゃないから、一緒（いっしょ）に黙って早歩きをした。

訓練場に着いたが、とても広くてビックリした。

百人ほどが同時に訓練で剣（けん）を振（ふ）り回しても全く問題ないくらい広いわね。

辺境伯家の敷地（しきち）内に、こんな広い訓練場があるのね。

クロヴィス様が私の正面に立ち、ジークが少し離れた場所で見ている。

「さて、早速始めてもいいか？」

「は、はい！」

「とりあえず、魔法を見せてくれ」

クロヴィス様に言われて、私はいつも通りに光魔法を唱える。

『光明』

両手を前に出すと、そこから光が放たれる。

それを維持するようにして……これだけなんだけど？

正直、私ができる魔法はこれだけ。

この光魔法がどれだけ有用なのかは、わからない。

「そ、その、これだけですが……」

「ふっ、それだけかよ」

「っ……！」

見学をしているジークの言葉が聞こえて、キッと睨んだ。

だけど本当にこれだけだから、何にも言えない。

クロヴィス様は私の出した光を見て、あごに手を当てて考えている。

「ふむ……白い光だが、他の色は出せないのか？」

「ほ、他の色ですか？」

「ああ、私が知っている光魔法なら、オレンジ色の光を出せるはずだ」

「や、やってみます！」

何年も光魔法を使ってきたけど、色を変えるなんて考えたことがなかった。

オレンジ色、白よりも優しい光の色って感じかな。

意識してオレンジ色の光を出そうとして、もう一度魔法を唱える。

すると手の平からオレンジ色の光が出始めた。いつもの白い光よりも温かみを感じる。

出たけど……光はすっごい薄いし、すごい疲れる！

光を出すだけでこんなに疲れるのは、初めてだ。

しかも維持もできず、すぐにオレンジ色の光は消えてしまった。

「す、すみません、初めてだったので維持できずに……」

「いや、十分だ。やはり君の魔法は、私が知っている光魔法と同じようだ」

クロヴィス様の顔を見ると、嬉しそうに少し口角が上がっていた。

私の魔法を気に入ってくれたのかな？

「ルアーナ、白い光の魔法は維持できるようだが、どのくらいできるのだ？」

「半日ほどは維持できますが」

「半日だと？　本当か？」

「はい」

屋根裏部屋には太陽の光が入ってこないので、寝るまでの時間はずっと光魔法を維持していた。

さすがに最初からできたわけじゃないけど。

「……ふむ、なるほどな」

クロヴィス様は信じてくれたようで、一つ頷いた。

さすがに半日ずっと維持し続ける、という実験はしないようだ。

「光を強くすることはできるか？」

「やってみます」

これは考えたことはあったが、やったことはほとんどない。

屋根裏部屋は狭いし、今出している光量で十分だったからだ。

それに光を強くしすぎると屋根裏部屋から光が漏れて、伯爵家の誰かにバレる可能性があったから。

どれだけ強くできるかは自分でもわからない。

両手に今まで以上に魔力を込めて、光魔法を放つ。

すると、一気に光が強くなって、辺りを白く染めた。

「うおっ⁉」

そんな声が聞こえて、一度光を放つのを止める。

声がした方を見ると、ジークが目を押さえていた。

私とクロヴィス様は光が強くなると思っていたのですぐに目を瞑れたが、離れて見ていたジークは準備していなかったようだ。

「ジーク、大丈夫か？」

「くっ、はい……問題ありません、まだ少し目がチカチカして見えないですが」

「……ふっ」

「おい、チビ。今、笑っただろ」

「あら、見えないんじゃないの？」

「嘲笑ったような声が聞こえたぞ」

「幻聴だと思うわ」

さっきまで私の魔法を笑っていた報いを受けたと思って、笑ってしまった。

いけない、私の能力を見せている最中だから、集中しないと。

「さすがに近すぎてどれくらい光ったかわからなかったな。ルアーナ、光の球のようなものを出すことはできないか？」

「はい、できます。一つしか出せませんが」

「それを出して、上空に浮かせることは？」

「やったことはありませんが、やってみます」

こうしてみると、私は自分の光魔法を全然わかっていない。

伯爵家で隠れて使っていたのだから、当たり前だけど。

クロヴィス様の指示通り、光球を出して上空に浮かせる。

ここは建物内だけど天井は高いから、限界まで上げてみた。

地面から十メートルほどで、光球が小さくなり始めた。これ以上は光球が維持できなくなりそうだ。

「あそこが限界のようです」

「そうか、悪くはない。では強く光らせてみろ」

「はい」

上空にある光球をさっきと同じように、強く発光させる。

さっきよりは弱いが、それでもこの広い訓練場全体を白く染めるほどの光が放たれた。

「ふむ、最初からこれほどの光を放てれば十分だろう」

「ありがとうございます」

これからに期待、ということらしいけど……私の魔法は、何の役に立つのだろう？

クロヴィス様は私の魔法の有用性がわかっているようだけど。

「父上、聞いてもいいですか？」

「そのガキの光魔法は、何の役に立つんですか？　ただ光を放っているだけだと思いますけど」

ガキって言われるのは鬱陶しいけれど、ジークの言う通りだ。
私もそれは聞きたかった。

「ふむ、私も本などの情報でしか知りえないが、光魔法は魔物に対してとても有効な攻撃手段となるらしい」

「光魔法が？　殺傷能力があるような魔法には見えませんが」

「光魔法の強い光を当てた瞬間、魔物が消滅する、ということも書いてあったな」

「まさか、そんなことが？」

「詳しくはわからんから、実戦で試すしかないだろう。そしてもう一つ、光魔法は……」

クロヴィス様が言葉を途中で止めて、私を見てきた。

「……いや、なんでもない。とりあえず、ここには魔物がいないから実戦で試すしかない」

「では私はすぐに前線に出る、ということでしょうか？」

「ああ、魔導士は後方で魔法を唱えるから、死ぬほど危険なわけじゃない。だが覚悟はしておけ、ルアーナ」

「かしこまりました」

「ジーク、なんだ？」

もともと前線で戦うつもりでここまで来たのだ。

私はここで自分の価値を証明しないといけない。

覚悟は、決まっている。


訓練場での私の希少魔法の検証が終わった。

「ルアーナ、明日にはすぐに前線へと向かってもらう。やってくれるな？」

クロヴィス様がニヤリと笑ってそう言った。

「はい、もちろんです。その代わりと言ってはなんですが、衣食住を保障していただければと思うのですが……」

「もともと魔導士を受け入れる予定だったのだから、そのくらいは当たり前だ」

「ありがとうございます！」

よかった、とりあえず野垂れ死ぬことはなくなったみたいね。

「ジーク、ルアーナを部屋に連れて行ってくれ」

「はぁ、やっぱり俺か。わかりましたよ」

ジークはまたため息をついたけど、さっきよりは素直に私を案内してくれるみたいだ。

クロヴィス様に一礼してから、私はジークの後を早歩きでついていく。

「よかったな、父上に認められて」

「そうね、本当によかったわ」

「……気になってたけど、お前なんで俺にはタメ口なの？」

「えっ、同い年だから。それにジークもタメ口じゃない」

「本当に十五歳なのか俺はまだ疑ってるけどな、お前チビすぎるし」

「失礼ね。満足に食べさせてもらえなかったから、小さいだけよ」

「……そうか」

あっ、また不幸自慢みたいになってしまったかな？

だけどジークもそこまで気にしてないみたいだし、大丈夫よね。

「あと、俺の名前はジークハルトだ。ジークっていうのは父上と……母上だけが呼んでる愛称だから、気軽に呼ぶんじゃねぇ」

「……わかったわよ、ジークハルト」

長くて呼びづらいけど、しょうがない。仲良くない人に愛称を呼ばれても、いい気はしないでしょう。

「ほら、着いたぞ。お前の部屋はここだ」

ジークハルトが扉を開けてくれて、私は中に入った。

「わぁ……！」

思わず私は感嘆の声を上げてしまった。

とても広くて綺麗な部屋で、ベッドやソファも豪華で大きい。

大きな窓もあって外の景色が見える。外は綺麗な庭になっていた。

「こ、ここを私が一人で使っていいの？」

「当たり前だろ、何言ってんだ」

「だってこんな広くて素敵な部屋、初めてで……！」

「……ふん、そうか」

ジークハルトが何か呟いたようだけど、私は部屋の素晴らしさに感激してそれどころじゃなかった。

真ん中に立って部屋中を見回してから、ソファに腰を下ろす。

とてもふかふかで、そのまま沈み込んで埋まってしまいそう。

すごすぎる……！

「はっ、本当にガキみたいだな、おい」

「むっ……」

揶揄うように言ったジークハルト。確かに今のはちょっと否定できなかった。

少し恥ずかしくなって、ソファから立って咳払いをする。

「今のうちに快適な部屋を楽しんどけよ。死んだらここには戻ってこられないからな」

「ご、ご忠告ありがとう」

ジークハルトはそう言ってから部屋を出て行った。

心配してくれた？　意外と優しいのかしら？

だけど彼の言う通り、しっかり前線で活躍しないと追い出されるかもしれないし、前線で戦って死ぬこともある。

これからね、頑張らないと。

……そういえば、人とこんなに会話したのはいつ振りだったかしら。

あのチビの部屋を出た後、俺は父上の部屋に向かう。

扉をノックしてから、中へと入る。

父上は机の奥で椅子に座っており、すでに仕事をしていた。

「父上、あいつを部屋に送りました」

「ああ、ご苦労。ルアーナは部屋を気に入っていたか？」

「もちろん、皇宮にでも案内されたかのように感動してましたよ」

とても大袈裟に、だが反応を見る限り全くの嘘ではなかった。

この屋敷にはあの部屋よりも良い部屋なんて、いくらでもある。

アルタミラ伯爵家と言っていたから、その令嬢だったらあれ以上の部屋に住んでいたはず。

「父上、なぜあのチビがこんな戦場に派遣されてきたんですか？　本当にあいつは、アルタミラ伯爵家の人間なんですか？」

「それはこれから確認する。婚外子という話だったが、どれだけ隠していても調べればわかるはずだ」

「自分の娘なのに、虐げたりするものでしょうか？　正直、俺と同い年というのも怪しいですよ」

婚外子と言っても、娘には変わりないだろう。

なのに十五歳には全く見えないほどチビで細いまま、どれだけ食べさせてもらえなかったのか。

「貴族の中にもクズな奴はいる。むしろ平民よりもクズな奴が多いだろう。お前はまだ王都の社交界に出ていないからわからないだろうが」

「……」

確かに俺はディンケル辺境からほとんど出ていない。

王都には子どもの頃にしか行ってないし、貴族の知り合いも少ない。

辺境伯家に生まれた者として、ここで戦い続けてきたからだ。

「まあ今はルアーナの家族関係はどうでもいい。幸運なのは、ルアーナが光魔法を持っていたことだ」

父上は口角を上げて、良い拾い物をしたというように話す。

「アルタミラ伯爵家はルアーナが光魔法を使えることを知らなかったのだろう。ルアーナも誰にも話していない雰囲気だったし、なによりも光魔法を使える者をここに送ってくるはずがない」

「俺にはわかりませんが、光魔法ってそんなにすごいんですか？」

訓練場でチビの光魔法というやつを見たが、本当に光が出ただけだった。

想像以上に強い光だったが、それだけ。

父上は魔物には有効と言っていたが、本当かどうか信じがたい。

「明日になればわかるだろう。本物ならルアーナはこの辺境の地で、聖女と呼ばれるようになるだろう」

「聖女、ね……」

父上は確信を持っているようだ、とても優秀で魔物の侵攻を食い止め続けている父上が言っているのだからそうなるのだろうな。

「それに……噂によれば光魔法は、治癒魔法にもなりえるらしい」

「っ、それってまさか……！」

「ああ、アイルを治すための力になるかもしれない」

アイルというのは辺境伯夫人、つまり俺の母上だ。

母上は一年前、この辺境の地の戦いで大きな怪我を負った。

事後処理で油断していた俺を庇って……！

「ジーク、何度も言っているが」

「わかってます。もう俺がこれ以上悔やんでも、何にもならないことは」

「……ああ、そうだな」

父上には何度も励まされたし、とても感謝している。

俺のせいで自分の愛した女性が眠ったままになってしまったのに。まず息子である俺の心配をしてくれた。

素晴らしい人格者で、俺は父上のことを尊敬している。

だがそれでも、俺は俺を許せない。

「まだルアーナの光魔法の熟練度じゃ、人の傷を治すのは無理だろう。だが鍛えていけば、もしかしたらありえるかもしれない」

「そう、ですか」

「ああ、だがまだルアーナに伝えるなよ。傷を治す力を秘めていることは伝えてもいいかもしれないが、アイルのことは絶対に」

「もちろんです」
まだ信用しきれてないチビ相手に、母上のことを伝えるわけがない。
だがもし、あいつが母上を治してくれるのなら……。
「ジーク、お前も明日に備えて休め」
「はい、では失礼します」
俺は一礼してから、父上の部屋を出て自室へと向かった。
ベッドに寝転がって休もうとしたが、再びあのチビのことを思い返す。
あいつは光魔法を長い時間ずっと扱えていた。
普通の魔導士は魔法を長い時間保つための訓練はあまりしない。
魔法は発動して一度魔物に当てればもう操らなくていいからだ。
だがあいつはその特殊な環境から長時間、光魔法を保てていた。
屋根裏の暗い部屋にずっといた、と言っていたな。
魔法の練度を見る限り、おそらくそれは本当なのだろう。
どれだけ寂しかったのか、辛かったのか、俺にはわからない。
だがそれでも、あいつの両親や家族はクズだということは、俺でもわかる。
明日はあのチビの初陣。
……多少は、構ってやるか。

◆◆◆

翌日、私は魔物との戦いの前線へ来ていた。

魔物は一日に数度、数十体という大群で一気に襲ってくるらしい。

ここは第一前線で、ジークハルトが言うには一番魔物の数が多いようだ。

「緊張してるか、チビ」

隣に立っているジークハルトが、私の顔を覗き込みながら言ってきた。

揶揄うような笑みを浮かべているので、なんだか腹が立つ。

「大丈夫よ、いけるわ」

辺境伯領を囲うようにある防壁、その下では兵士の方々が剣で魔物と戦い、盾で魔物から防壁を守っている。

私は魔導士なので壁上から魔法を放つことになっている。

私は壁の縁に立って、魔物を食い止めている前線を見下ろす。

「っ……」

魔物と人々が戦い合って、悲鳴と怒声が響き渡っている。

魔物の死体が多く転がっていて、見たくはないが人の死体も。

想像していたよりも、キツい。

これが、戦場なのね……。

「どうした、ビビッたか？」

私の隣に立ったジークハルトが、また声をかけてきた。

さすがに私もここで軽口を言う気概はなく、何も答えられなかった。

私が黙っていると、ジークハルトが壁のギリギリに立って戦場を見下ろす。

「そうかよ、まあ別にいいんじゃね。ガキなんだから、後ろに下がってろよ」

「っ、私は、ガキなんかじゃ……」

「俺は先に行くぞ。ガキじゃないんだったら、後からでもついてこいよ」

彼はそう言い放ってから、壁から飛び降りた。

結構な高さなのに全く躊躇せず降り立って、その勢いのまま剣を振るって魔物を倒していく。

励ましの言葉、だったのだろうか。まだそこまで接してないけど、ジークハルトらしい言葉だった気がする。

「ルアーナ、今日は無理なら下がっていていいぞ。無理させて死んでほしくはないからな」

「クロヴィス様……」

後ろで見守ってくれていたクロヴィス様が、優しく声をかけてくれた。

クロヴィス様は私の光魔法を評価してくれているから、そう言ってくれたのだろう。

だけど私は、ここでやるしかないのだ。

それに……下で魔物を倒して、私のことを挑発するように見上げてくるジークハルトに、一泡吹かせてやりたいという気持ちもある。

「いえ、やります……やらせてください！」

「……ああ、頼んだぞ」

私はもう一歩前に出て、両手を前に出す。

魔法を使ったことは何百回、何千回もある。毎日、暗闇の中を照らしていたのだから。

「『光明』」

私がそう詠唱すると、両手から光が放たれる。

今までは部屋の中を照らすくらいの光しか出したことはなかったが、昨日試してみて、結構な光の量が出ることを知った。

初めての前線で緊張しているからか、昨日ほどの光量にはなってない。

しかし効果はあるようだ。

「なんだ、魔物達が苦しんでいるぞ!?」

「あの光に反応しているのか？」

四足歩行の魔物は唸って動けなくなり、二足歩行の魔物は頭を抱えたりして、動きを止めている。

私の光魔法は魔物にだけ効くようで、人には全く害はないようだ。

「全員、今のうちに魔物を片付けろ！」

下でジークハルトがそう指示を出しているのが聞こえる。

私は光を出し続けている。長く保たせることに関しては全く問題ない。

屋根裏部屋では起きている間、ずっと光魔法を使い続けていたのだから。

そして十分もすると、ここにいる魔物は全部倒し終わっていた。

全部倒したのを確認し、私は光魔法を止めた。

その瞬間、下にいる人達が全員私の方を見上げているのがわかった。

「えっ、あ……」

思わず小さく声を上げてしまった。

どう見ても私の光魔法で魔物の動きが止まっていたし、誰が出しているのかは逆光で見えないから、気になって見上げていたのだろう。

だけどこんな大勢から注目されるなんて初めてのことで、どうすればいいかわからない。

下を見ながら視線をあちこちにさまよわせていると、ふとジークハルトと目が合った。

彼はニヤッと笑ってから、大声を上げる。

「あのお方こそがこの戦いの救世主となる、聖女ルアーナだ！」

「えっ……」

私、何も聞いてないんだけど。

それにそんな力もないし……。

しかしジークハルトの声を聞いた兵士達は、雄叫びを上げた。

「救世主！　救世主様だ！」

「聖女ルアーナ様！」

「うおおおぉぉぉぉ!!」

あちこちから歓声が響いてきて、私にはどうすることもできなかった。

ジークハルトをもう一度見ると、彼は可笑しそうに笑みをこぼしていた。

あいつ……適当に言って、面白がっているのね!?

別に嫌なことは言われていないけど、先日まで屋根裏部屋で過ごしていた私がこんな期待をされても、なんか居心地が悪い。

くっ、本当にあいつは……！

だけど、彼のお陰で今日は動き出せたから、それは感謝している。

いまだに「聖女様！　救世主！」と雄叫びを上げ続ける兵士の方々。

「ほら、ルアーナ。下にいる兵士達に手でも振ってやれ」

「えっ、あ、はい……」

クロヴィス様にもそう言われたので、私は苦笑いをしながら手を振った。

すると「うおぉぉぉぉ!!」という地鳴りに近い歓声がまた響いた。

……なんか、やりすぎだと思うけど？

ここまで騒ぎになるなんて、あいつも絶対に思っていなかったでしょ。

「ふふっ、人気者になったものだな」

「……そうでしょうか」

私の後ろにいるクロヴィス様も、どこか楽しんでいる気がする。

そうして私の初陣は、大成功に終わった……少し納得がいかない部分はあるけど。


「よう、聖女様」

「……一発殴らせてくれない？」

初陣後、クロヴィス様の屋敷に戻り、ジークハルトとの最初の会話だった。

ニヤけた顔で言ってきたのが、とてもイラッとしてしまった。

「なんでだよ、俺がせっかくお前の名前を広めてやったのに」

「誰が頼んだのよ。あんたが勝手にやったことでしょ」

「ああ、めっちゃ笑ったわ」

「この……！」

はぁ、言い争っているのも疲れるわね。

後ろで私達のやり取りを聞いて、クロヴィス様が笑っている。

「ふっ、本当に仲が良さそうで何よりだな。この後は食事するつもりだが、ルアーナも一緒に食べるか？」

「えっ、いいんですか？」

「もちろんだ。いいよな、ジーク」

「……まあ、俺はいいですよ」

ジークハルトも頭を掻きながら了承してくれた。

誰かと食事をするなんて、何年ぶりだろうか。

楽しみだけど……いや、とても楽しみだ。

そして食事の時間になり、広い食堂の中で三人で食べ始める。

食事はとても素晴らしいもので、本当に美味しい。

「ルアーナ、どうだ？　口に合うか？」

「あ、はい、クロヴィス様。とても美味しいです」

「そうか、それならよかった」

クロヴィス様は優しく微笑んでそう言ってくれた。

無表情だったり、睨んだりすると怖いけど、意外と優しい笑みを浮かべるらしい。

ジークハルトも、同じような笑みをするのかしら。

「あっ？　何見てんだよ」

大きな口を開けてお肉を食べているところを見ていたら、そう言われてしまった。

「別に、見てないわ」

「そうかよ。というかお前、全然食べてないな」

ジークハルトの言う通り、私の前にあるお皿はほとんど空いていない。

本当に美味しくて、もっといっぱい食べたいのだけれど……。

「お前が食べないなら、俺が食べるからな」

「あっ……」

「んっ、美味いな。さすが俺の家の料理人だ」

「ジーク、はしたないぞ。それにお前の家じゃなく、私の家だ」

「んっ、ごめんなさいでした」

ジークハルトが私のご飯を食べたが、今回は全く怒る気がしない。

むしろ、ありがたかった。

「ルアーナ、大丈夫か？」

「はい、食べられたことは気にしてません、大丈夫です」

「そうではない。食べられないのだろう？」

「っ……」

やはり、見抜かれてしまったようだ。

初めて魔物と戦う戦場に出向いたけれど、魔法を遠くから放っていただけ。

でも魔物の死体、それに人の死体……それらを見るのは初めてで、こんなに美味しい食事を前に、食欲が湧いてこなかった。

「すみません、せっかくこんな食事を用意していただいたのに……」

「気にするな、ジークが全部食べるだろう」

「……ん、まあ余裕ですよ」

ジークハルトは私の前に身を乗り出して、また私のお皿からご飯を取って食べていく。

本当に全く問題ないようだ。

私は壁の上から降りずに魔法を放っていただけだが、彼は地上で魔物を剣で斬って戦い、死体とも距離が近かったはずなのに。

そこは素直にすごいと思う。

「ルアーナ、あまり気にするな。歴戦の兵士でも最初はそうなる者が多い」

「そうなんですか？」

「ああ、ジークも初陣後は何も食べられず、無理して食べて戻していた」

「ち、父上！　なんでそれを言うんですか⁉」

ジークハルトは恥ずかしさを隠すように立ち上がった。

「事実だろう？」

「じ、事実ですが、俺の初陣は三年前の十二歳で、こいつとは年齢が違います！　一緒にしないでください！」

「そうだったか？　だがその日の夜は……」

「ああ！　もう何も言わないでください！」

「ふっ、そうだな。もう言わんよ」

何かもっと恥ずかしいことがあったようだけど、それはさすがに言わないようね。

だけど、なんだかとても羨ましい。

二人のやり取りが、とても家族っぽくて。

その後、私のご飯をほとんどジークハルトが食べてくれた。

その日の夜、私は辺境伯家が用意してくれた広くて豪華な部屋、その柔らかいベッドの中で寝転がっていた。

もういつもならとっくに寝ている時間。

今日は初陣だったから疲れているはずなのに……全く眠れない。

魔物や人の死体が目に焼き付いている。兵士の人達の傷の生々しさ、血の臭い、悲鳴も耳に残っていた。

戦場に出向いて見た光景が……思った以上に、キツかった。

明日からまた戦場に行くのに……しっかり寝て休まないといけないのに……。

そう思えば思うほど、眠気がどこかに飛んでいく。

どうしよう……そう思っていたら、部屋にノックが響いた。

「ひゃっ⁉」

こんな深夜に誰かが来るとは思っていなかったので、変な声が出てしまった。

「だ、誰ですか？」

「……俺だ、ジークだ」

「ジーク？」

鸚鵡返しをしてしまったので愛称で呼んでしまったが、ジークハルトはそこに関しては何も言わなかった。

「開けるぞ」

「えっ、ちょっと……！」

私の制止を聞かず、ジークハルトは勝手に入ってきた。

両手で何かトレイを持っているようで、足で扉を開けたようだ。

「どうせ寝られねえだろうと思ってたが、やっぱりだな」

「い、いきなり来て、なに？　女性の部屋に勝手に入ってくるなんて……」

「はっ、女性扱いされたいなら、もう少しデカくなってから言うんだな」

むっ、やっぱりこいつは本当に……って、えっ？

彼が持ってきたトレイには、湯気が出ているミルクが入ったカップが二つあった。

「飲むぞ、ソファに座れ」

「え、えっと……」

「早く座れって」

私が戸惑いながらもソファに座ると、カップを置いてくれたジークが隣に座った。

ジークハルトはそのまま何も言わずにミルクを飲んでいる。

「の、飲んでいいの？」

「……なんだ、まだ飲み物も口に入らないのか？　それなら俺が飲むが」

「い、いや、それは大丈夫……ありがとう」

「ん」

彼は照れ隠しのように小さく返事をして、またミルクを一口飲んだ。

私も隣で息を少し吹きかけてから、一口。

「美味しい……」

思わず口に出てしまった。

温かい飲み物なんて、アルタミラ伯爵家にいた頃は一度も飲んだことがなかった。

冷え切った身体や心に、じんわりと温かさが広がっていく。

「ジーク、ありがとう」

あ、また愛称の方で呼んでしまった。

「……ん」

しかしまた何も言わずに、軽く返事をしたジークハルト。

この時間、もう料理人や使用人達も寝ているはず。

おそらくジークハルトが、自分で作って持ってきてくれたのだろう。

やっぱり彼は意地悪なところはあるけど、とても優しいみたいね。

しばらく私達は黙って、ミルクを一緒に飲んだ。

全部飲み終わり、私がまた「ありがとう」と言うと、ジークハルトが「ん」とまた軽く返事をする。

これでジークハルトが帰ると思ったのだけど……。

「じゃあ、ベッドに入れ」

「えっ？」

「どうせこれだけじゃすぐに寝られねえよ。ほら、入って寝っ転がれ」

無理やり背中を押すようにしてベッドに促され、布団の中に入れられて寝かしつけられる。

そしてジークハルトがベッドの縁に座った。

「手を出せ」

「手？」

「ああ」

訳もわからず彼の方に手を差し出すと、彼は優しく手を繋いでくれた。

「こうしといてやるから、目を瞑ってそのまま寝ろ」

「えっ？」

なんでいきなり？

とても優しいことをしてくれているけど、昼間までのジークハルトじゃないみたい。

「あなた、本当にジークハルト？」

「なんだよそれ。失礼な奴だな」

「だって、いきなりこんな……」

「……別に、俺がやってもらったことをお前にしているだけだ」

「ジークハルトが、やってもらったこと？」

私がそう問いかけると、ジークハルトは小さく頷いて視線を外す。

「俺が十二歳で初陣に出た時に、母上にやってもらったことだ」

「そうなんだ……」

ジークハルトも初陣では、私みたいに参ってたのね。

だけど母上って、私はまだ会ってないけど……。

「ジークハルトのお母様って……」

「母上は……ここにはいない」

「っ……そっか」

病気なのか、それとも前線に出て魔物に襲われたのかわからないけど。

彼のお母様は、もう……ジークハルトも私と同じね。

「私も……」

「ん？」

「私も、伯爵家に行く前に、お母さんを亡くしたの」

「……そうか」

「私のお母さんもこうやって……手を繋ぎながら、寝てくれたなぁ」

ジークハルトの手を少し強く握ると、彼もそれに返すように握り返してくれる。

お母さんよりも大きくて強い力、だけど痛くはなく、むしろ心地いい強さ。

少しゴツゴツしていて、剣を扱っているからかタコができている。

手を握られるのって結構安心するから……本当に、眠くなってきた。

「ジーク、ハルト……このまま寝ていい？」

「お前が早く寝ないと、俺も部屋に戻れねえから」

「うん……寝るまで、握っててくれる？」

「……ああ、握っててやる」

「ありが、とう……ジーク」

こんなに優しくしてもらったのは、何年振りだろうか。

人に手を握ってもらったのは、何年振りだろうか。

私にお兄さんがいたら、ジークハルトみたいな人なのかな。

だけどこんな意地悪をするお兄さんは、少しだけ嫌かも。

……でも、家族ってこんな感じなんだろうなぁ。

ディンケル辺境地に来てから、ずっと忘れていた温かさを思い出している気がする。

そんな温かい気持ちを抱きながら、私はゆっくりと眠りについた。

♦ ♦ ♦

チビは、ルアーナは眠りについたようだ。

とても幼い、無防備な寝顔だ。

こんなチビで細いやつの光魔法が、あれだけの威力を放ったとは到底思えない。
実際に見ずに人伝に聞いていたら、絶対に信じなかっただろう。
あの光魔法を浴びた瞬間、魔物達が一斉に動きを止めていた。
さらには近くで見た俺だからわかるが、数体は身体が焼けるように消滅しかけていた。
あんなに光魔法が魔物に効くなんて、全く思っていなかった。
父上が聖女と呼ばれるようになるだろうと言っていた意味が、よくわかった。
まあ、俺が最終的にこいつを聖女に仕立て上げたんだが。
ふっ、その時のこいつの表情といったら……呆然としていて、めちゃくちゃ笑えたな。
なんだか威嚇してくる猫のように怒っていたが、それも面白かった。
ただどれだけ聖女のような力を持っていようが、こいつも普通の人間。
むしろ今までずっと虐げられてきたのだから、普通の人間よりも弱い。
想像していた通り、今日は食事もまともに取れず、眠れてもいなかったようだ。
俺が何もしていなかったら、明日の昼にでも倒れていただろうな。
父上も食事までは想像していたようだが、睡眠については想定外だろう。
俺は自分が経験しているからな。
それに俺の時は、母上が一緒にいてくれた。
……実際、俺の初陣の後に母上にやってもらったことは、一緒に寝ることだった。

一緒のベッドに入って、朝まで一緒に眠ってくれた。

だがさすがにそれはできないので、手を握るだけにした。

それでも効果はあったようで、ルアーナはぐっすりと眠っている。

こうして見ると、本当に小さいな。

やっぱり十五歳ってのは嘘なんじゃないか？　まあ嘘をつくような性格をしているとは思わないが。

……それと、いつまで俺はこいつの手を握ってないといけないんだろう？

手を離そうと思っても、かなり強く握られているから手を引き抜くのが難しい。

無理やり引きはがせばいけると思うが、その拍子にこいつが起きてまた眠れなくなるかもしれない。

はぁ、もう少しそばにいてやるか。

その後、俺は窓から朝日が差し込んでくるまでこいつの手を握っていた。

♦
♦
♦

翌日、起きた時にはジークハルトはいなかった。

本当にぐっすりと眠れて、昨日の夜に全然寝つけなかったのが嘘のようだ。

起きてから側にある鈴を鳴らすと、使用人が来て朝の支度を手伝ってくれる。

昨日もやってもらったのだが、やはりまだ全然人にお世話されるのは慣れない。

身支度を終えて食堂に行くと、すでにジークハルトが座って食事をしていた。

「……お、おはよう、ジークハルト」

「んっ、はよ」

軽く返事をしたジークハルトの前の席に座り、私も朝食を食べ始める。

伯爵家では朝食なんてほぼ食べてこなかったから、こんなに量を食べられるかしら。

「もう食べられるのか？」

「えっ？　あ、うん、もう大丈夫」

「そうか」

ジークハルトが心配してくれたみたいで、なんだか嬉しい。

そう思って笑みを浮かべていると、彼が不機嫌そうに私のことを睨んでくる。

「鬱陶しい視線を向けるなよ、チビ。これからはどれだけ参ってても、何もしねえからな」

「むっ、チビじゃないわ。同い年よ」

「同い年でもチビだろうが」

くっ、この男は……自分の評価を上げたいのか下げたいのか、どっちなのかしら。

だけど耳が少し赤いから、照れている？

そう思うと可愛いわね、ツンツンして素直になれない男の子って感じで。

兄っぽいと思っていたけど、意外と弟っぽくも見えてきた。

「いつか大きくなって、ジークハルトを見下ろしてやるから」

「はっ、そんな日は永遠に来ないな」

私達がそう言って睨み合っていると、クロヴィス様が食堂に入ってくる。

「おはよう、二人とも。仲が良さそうで何よりだ」

「「仲良くないです！」」

また同じ言葉を同時に発してしまい、キッと睨み合った。


――私が辺境伯家に来て、一カ月ほど経った。

少しずつ辺境伯家での生活に慣れてきた気がする。

朝、とても大きなベッドの中で目覚める。

そして近くにある鈴を鳴らすと、使用人達が部屋に来てくれる。

最初はこれに慣れず、私が自分で全部やると言っても聞いてくれなかった。

むしろ「私達の仕事ですので、やらせてください」と真面目に言ってくるので、やってもらうしかなかった。

朝起きて寝ぼけたままボーッとしているだけで、使用人達が身支度を整えてくれる。

とても楽なのだけれど、これをずっと味わっていたら元の生活に戻れない気がする。

いつかこの辺境伯家を出て行く時、私は一人じゃ何もできない人間になっていないかな？

大丈夫かな？

身支度を終えて、部屋を出て食堂へ向かう。

食堂にはいつも私より先に座って待っているジークハルトがいる。

「おはよう」

「ん、はよ」

毎日顔を合わせているので、挨拶も適当になっている。

だけどそれが別に嫌なわけではない、むしろ仲良くなっているのかな。

ジークハルトは態度は素っ気ないけど、意外と優しいところがあるから。

毎日私を待って、朝食を一緒に食べてくれるところとかね。

朝食はいつも料理人の方が作ってくれるので、本当に全部が美味しい。

「おい」

「ん？」

「この後は軽く訓練してから、前線に出るぞ」

「ん、わかったわ」

ジークハルトの言葉に頷いて、朝食を食べた。

そして一時間後、私とジークハルトは訓練場で対峙していた。

彼は木剣を持っていて、私も木剣を持っている。

ここ最近、私は近接戦闘を練習していた。

私はほとんど後方で光魔法を唱えていることが多いけれど、それだけでは前線でいざという時に自分の身を守れない。

だから私から「近接戦闘を教えてください」とクロヴィス様に頼むと、ジークハルトが教えてくれることになった。

彼はとても強く、十五歳ですでに前線にいる騎士の中で一番強いと言われているらしい。

そんな彼に教わるということはとても贅沢なのだが……。

「遅い！　見てから避けるんじゃなくて、相手の動きを予測しろ！」

「くっ……！」

めちゃくちゃ厳しい……！

私、まだ十五歳だけど!?　あ、それはジークハルトも同じか。

だけどまだ素人に毛が生えたくらいなのに、とても厳しく指導をしてくる。

でも私から頼んだことだから弱音を吐かないで、頑張るしかない。

「今日はこれで終わりだ。疲れを残しすぎると前線で死ぬからな」

「はぁ、はぁ……」

前線に出る前の一時間ほどだけど、私は汗だくになりながら訓練を終えた。

まだ数週間しか訓練をしていないが、少しは上達したと思う。

ジークハルトの教え方が上手いのだろう、とても厳しいけど。

「ほら、早く準備してこい。それともそんな汗だくで汚い姿のまま、前線に行くつもりか？　お前のことを聖女と崇めている奴らがガッカリするぞ」

「う、うるさいわね……私が聖女って言われてるのは、あなたのせいじゃない……」

「そうだったか？　とにかく、準備は早くな」

「わかってるわよ……」

ジークハルトと軽口をたたきながら、私は自室に戻って使用人にまた手伝ってもらい、支度を整えた。


一時間後、私は戦場で戦っていた。

魔物の大群はまだ少し遠くにいて、目の前まで来たらいつも通り、私が光魔法を最初に放つ手筈となっている。

前までは壁上で光魔法を放っていたが、今は下に降りて兵士達と同じ前線の最先端で光

い魔物も多い。
まだ私の光魔法は戦場全体を覆うほど強くはなく、壁上からでは弱らせることのできな

だから下に降りて光魔法を近くから放っているのだ。

クロヴィス様からは「そこまで前に立たなくていい、もうすでにルアーナのお陰で楽になっている」と言われている。

だけど私の力が足りないのだから、役に立つために前に行くのは当然だろう。

……正直、壁上で魔法を放った方が絶対に安全だから、本当は壁上にいたい。

私も自分の命が一番大事だから。

だから早く魔法をもっと強くしないといけないわね。

そんなことを考えていたら、もう目の前まで魔物の大群が来た。

今回は五十体ほど、多くも少なくもない。

魔物は普通、兵士が三人がかりで囲んで倒すらしい。

ジークハルトは一人で倒せるけど、それは彼がとても強いからだ。

「聖女様、お願いします！」

「……はい」

この一カ月、聖女と呼ばれてきたけど、これはずっと慣れない。

私はそんなすごい人じゃないから、違和感しかないわ。

その聖女と呼ばれる理由である光魔法を放つ。

「『光明』」

両手をかざして光を放つと、近づいてくる魔物達が一斉に動きを止める。

そして私に近いところにいた魔物が数体、徐々に消滅していった。

近距離から魔法を放つと消滅する魔物も出てくるようになった。

「今だ！　聖女様の御力が効いているうちに、魔物を倒せ！」

指揮官がそう叫び、兵士の方々が雄叫びを上げながら突っ込んでいく。

私は光魔法が途切れないよう、もっと奥まで広く光魔法が届くように集中する。

五十体ほどの魔物の半分以上は光魔法が当たって、動きが鈍くなっている。

しかし光魔法に気づいた魔物は距離を詰めずに、光が届かないところで止まっていた。

そういう魔物はもう突っ込んでこないことが多いので、手練れの兵士が倒しに行くしかない。

「聖女様よ、少し魔法を放つのが早かったんじゃないか？」

後ろから憎まれ口のようにジークハルトに注意される。

確かにもう少し魔物を引き付けてから光魔法を放てば、あと十体は動きを止められた。

自分でも少し反省していたのだけど、ジークハルトに言われるとイラッとしてしまう。

「わざと残してあげたのよ。動かない標的だけ倒してたら、腕がなまっちゃうでしょ？」

「はっ、言うようになったな」

「それともジークハルトは、動かない標的しか倒せないのかしら？」

隣にいる彼を見上げて、挑発するようにそう言った。

するとジークハルトはニヤリと笑った。

「舐めんなよ、一瞬で終わらせる」

「怪我はしないようにね」

「当たり前だ。お前ら！　行くぞ！」

すでに精鋭部隊の指揮を執るような立ち位置にいるジークハルトが、手練れの兵士達を連れて前に出た。

光魔法を維持しながら、ジークハルトや精鋭の兵士達の戦いを見届ける。

とても強くて、見ていて危険だと思う瞬間がない。

魔物が襲撃してきてから二十分後には、全ての魔物を倒し終わった。

だが今日はこれで終わりではなく、まだこの後も襲撃は来ると思われるので、しっかり休んで次に備えないといけない。

そしてその後、魔物の襲撃が二回ほどあったが全部倒して、今日の私の仕事は終わった。

「聖女様、お疲れ様です」

「いつもありがとうございます、聖女様」

「皆様も、お疲れ様でした」

砦ですれ違う兵士達と話しながら歩く。

一ヵ月もいれば、少しは仲良くなった人もいる。

兵士は男性の方が多いが、魔導士には女性もいる。

「聖女ちゃん、お菓子あるけどいる？」

「いります！　ありがとうございます！」

魔導士の女性にお菓子をもらったので、満面の笑みで頭を下げる。

「ふふっ、聖女ちゃんは可愛いわね。いっぱい食べて大きくなるのよ」

「これでも最初よりかは……」

「まあそうだけどね。それでも十五歳には見えないから」

「うっ……」

健康的な生活を続けているとはいっても、まだ一ヵ月だ。

痩せ細ったという印象ではなくなったと思うが、身長はまだほとんど変わらない。

早く大きくなりたいんだけど……お菓子でも大きくなれるかな？

　とりあえずお菓子はありがたくいただいて、砦の中を歩く。

　……お腹も空いたし、今食べちゃってもいいよね？

　夕飯まで時間もあるし、うん。

「んっ……ふふっ、美味しい」

「聖女様が砦の中で食べ歩きしてんじゃねえよ」

「んぅ!?」

　いきなり後ろから話しかけられて、ビクッとして喉にお菓子が詰まった。

　何とか飲み込んで後ろを振り向くと、声でわかっていたがジークハルトが立っていた。

「……」

「なんで黙って睨んでくるんだよ」

「あなたのせいで、お菓子を味わえなかったじゃない」

「お前、食い意地がすごいな」

　せっかくもらったんだから、美味しく味わいたかったのに。

「私は小さいからお菓子をいっぱいもらうの」

「十五歳ってのが嘘のようだな」

　それには何も言い返せない。十五歳の女性がお菓子で餌付けされているなんて、私以外にはいないだろう。

「別に美味しいからいいのよ」

「そうか、まあいい。屋敷までの馬車が準備できたから、行くぞ」

「わかった、ありがとう」

それを伝えに私を捜してくれたのかな？

私とジークハルトは砦の中を並んで歩いて、馬車へと向かう。

……身長差がすごいあるのに、私がいつも歩いているペースで歩けるってことは、そういうことよね。

やっぱりジークハルトって、素直じゃない優しさがあるわよね。

そこが可愛くて、カッコいいけど。

屋敷に戻り、部屋着に着替えてから食堂で夕食を食べる。

夕食はクロヴィス様も一緒に食べることが多く、今日もそうだった。

「ルアーナ、光魔法の練度はどうだ？　兵士と同じ地点で魔法を放っているようだが、そろそろ後衛でもいいんじゃないか？」

「いえ、半分以上の魔物に光魔法が届いているのは、前衛に立っているからこそです。後ろに下がったら届かなくなってしまいます」

「ふむ、別に全ての魔物を弱らせろ、なんて言った覚えはないが？」

「それでも多くの魔物を弱らせた方がいいじゃないですか」

「確かにそうだがな。まあジークがいるなら、大丈夫か」

クロヴィス様の言葉に、ジークハルトが食べている手を一瞬止めた。

「……こいつだけじゃなく、俺の手が届く距離なら誰一人怪我をさせませんよ」

「ふっ、頼もしくなったものだ」

「ようやく精鋭部隊で一番強くなったもので」

「まだ私には遠く及ばないだろう？」

「父上はいつ全盛期が終わるのですか？」

「私は生涯現役だ」

確かに、何度かクロヴィス様が戦っている姿も見たけど、本当に強かった。

左右から襲ってきた魔物の首を一瞬のうちに落とす、という光景を見た時は、目を疑ったものだ。

私は黙って食事をしながら、親子の話を聞いている。

この時間が私は結構好きだった。


夕食後、私はまた訓練場にいた。

朝も訓練をしたが、今からするのは近接戦闘ではなく、光魔法の練度を上げる訓練だ。

これならジークハルトに手伝ってもらわなくても済むから、一人でいつもやっている。

屋根裏部屋で五年間、光魔法を使い続けてきたけど、もっと練度を上げないといけない。

私も前衛で魔法を打つのは本当はやめたいので、せめて後衛で光魔法を放っても半分以上の魔物の動きを止められるくらいになりたい。

前に光球を魔物達の方へ飛ばして、そこから光魔法を当てるというのも試したのだが、それはあまり効果がなかった。

なぜかはわからないが、私の手から直接出る光しか魔物には効かないようだ。

光球に効果があれば遠くからでも大丈夫だったのに、上手くいかないわね。

よし、魔法を練習していこう。

寝る前のお風呂などの時間まで、一時間以上ある。

頑張ろう！

「まだやんのかよ、聖女様は」

「ひゃ⁉」

また後ろから声が聞こえてきたので、驚いて変な声が出てしまった。

「……ジークハルトは私の後ろから声をかけるのが好きなのかしら」

「いつもお前が俺に背を向けているだけだろ」

この一カ月で恒例となった言い合いをしつつ、私は訓練のため光魔法を放ち始める。

隣にジークハルトが立つが、やはり彼は身長が高いわね、羨ましい。

「最近、毎日やってるよな」

「そうね、訓練しないと魔法の練度は上がらないから」

「まあそうだが。疲れてないのか？」

「心配してくれてるの？」

「……別に、疲れを明日まで残して戦場で倒れられでもしたら迷惑だからな」

素直に心配している、って言えないのかな？

「大丈夫よ、とても柔らかくて最高級のベッドで泥のように眠っているから」

「それならいいが」

ジークハルトはそう言ってから黙って、私の隣で訓練を見続けている。

私の手から光が出るだけで、別に見ていても面白くないと思うけど。

私は光をもっと強めようとして、さらに魔力を込めて遠くまで照らしていく。

「お前、ずっと照らし続けているけど、それ以外に練習しないのか？」

「それ以外って？　光球のこと？」

「違う、例えばお前がやっているのは徐々に光が強くなっていく魔法だが、瞬間的に強くする方法とかは試したのか？」

「瞬間的に？」

「今のままだと魔物は徐々に消滅していくが、瞬間的に強い光を放てば一瞬で魔物を消滅させられるんじゃないか？」

「なるほど、それは可能性があるわね」

今までは徐々に光を強くしながら放ち続けるという魔法しか使っていなかったが、瞬間的に強さを高められれば総じて効果の強さも上がるかもしれない。

私は魔法に関して詳しくないので、自分の魔法の練度を上げるやり方も知らない。

「ジークハルト、他に光魔法の練習を思いつかない？　なんでもいいんだけど」

「……なぁ、なんでお前はそんなに必死なんだ？」

「えっ？」

ジークハルトが不思議そうに聞いてきた。

「お前の光魔法は貴重だ、お前以外に代わりがいないくらいにな」

「えっ、褒めてる？」

「お前の光魔法をな」

やっぱり素直に褒めてはくれないようだ。

「父上も言っているが、今のままでも十分に貢献している。だが魔導士なのに近接戦闘を学び、後衛で光魔法を放っていれば命の危険もないのに、お前は前衛の危険な位置にいる。なぜだ？」

まさかそんなことを聞かれるとは思わなかった。

ジークハルトは私にあまり興味がないと思っていたから。

「そうね、理由は二つあるわ。一つは、死にたくないから」

「矛盾してるだろ。死にたくないのに、なんで前衛にいるんだ」

確かに後衛で光魔法を放っていた方が安全だろう。

だけど……。

「私は辺境伯家に自分を売り込みに来たから、いらなくなったら捨てられる」

「……まあ、そうだな」

「今のままじゃ、もしかしたら捨てられるかもしれない。ここで捨てられたら私、生きていけないから」

「……なるほど」

ジークハルトは小さく頷いて納得したようだ。

「もう一つの理由は？」

「それは……必要とされるのは、嬉しいから」

こっちの理由は俗っぽくて少し恥ずかしいけど、やっぱり必要とされて感謝されるのって気持ちがいい。

聖女と呼ばれるのも恥ずかしいけど、やっぱりどこか嬉しいと思う部分はある。

「伯爵家にいた頃は、全く必要とされてなかったから」

むしろ邪魔者、いらない存在だと思われていた。

「……」

「だからここで居場所ができて必要とされているなら、もっとそれに応えたいと思うから、訓練するのよ」

「……まあ、ルアーナ以外に光魔法を使える奴がいないから、必要とされるのは当然だろ」

「むっ、確かにそうだけど……あれ？　今、名前……」

さらっと名前を呼ばれたけど、ジークハルトに名前を呼ばれるのって初めてかも？

いつもは「チビ」とか「聖女様」みたいに、揶揄ってくる感じで呼ばれていたから。

「ほら、必要とされるために光魔法の訓練をしろよ」

「わ、わかってるわよ」

まあ名前を呼ばれたくらいで何かが変わるわけじゃないけど。

そしてなぜか私の光魔法の訓練を、横でずっと見続けてくれたジークハルト。

私が疲れて光魔法を中断すると「それくらいで疲れたのかよ」「体力ねえな」と憎まれ口で発破をかけてくる。

それにイラつきながらも、「やってやるわよ！」といつもよりも奮起して訓練ができた。

一時間後、私は息も絶え絶えになりながら訓練を終えた。

「はぁ、はぁ……」

「一時間でこんなに疲れるものなのか、魔法の訓練って」

「だ、誰の、せいよ……」

　いつもならもっと余裕があるのに、彼のせいでずっと全力で魔法を使っていたから、本当に疲れた。

「ルアーナの体力がないせいだろ、つまり自分のせいだ」

「ジーク、ハッ、トの、せいでしょ……」

「ジークハットって誰だよ」

　呼吸を整えている途中に喋ったから、変なところで息を吸ってしまった。

「あなたの名前が、長いせいでしょ……」

「そうかよ。じゃあ短く呼べばいい」

「えっ？」

　短く呼ぶって？

　私がそう思って聞き返すと、ジークハルトは少し視線を逸らしながら言う。

「ジークでいいって言ってんだよ。変な名前で呼ばれたら嫌だからな」

「えっ、いいの？」

　ジークハルトの言葉に驚いて、もう一度聞き返してしまった。

だってジークって愛称で、家族からしか呼ばれてないんでしょ？

「お前が変な呼び方をするからだろ」

えっ、それくらいでジークって呼ばせるの？

いや、ジークハルトのことだから、これは照れ隠し？

あっ、耳も少し赤い気がする。

ふふっ、なんだか可愛らしい。

「そう、じゃあジークって呼ぶわね」

「……ああ、それでいい」

なんだかジークに認められたみたいで、少し嬉しくなった。


数日後、私とジークは戦場で……。

「ルアーナ、もっと引き寄せてから光魔法を放てよ！」

「あれ以上引き寄せたら魔物が私に襲い掛かってくるでしょ⁉」

喧嘩をしていた。もちろん、魔物を全部倒した後だけど。

「一回か二回くらい躱せるだろ！　誰が近接戦闘の訓練をしてやってると思ってんだ！」

「私の隣にいるならジークが倒しなさいよ！　精鋭部隊で一番強いのに、魔導士一人も守れないの⁉」

なんか、名前を呼ばれるようになってからの方が喧嘩が増えた気がする。

なんでだろう？

「またあの二人は……」

「仲良いのか悪いのか、わからないですね……」

「まあ悪くはないだろ、多分」

周りの兵士や魔導士が私達について話しているようだが、内容は聞こえなかった。

# 第2章　※　ジークのお母様

ルアーナがディンケル辺境地に来てから、一年が経った。

俺は十六歳になり、ようやくあいつも十六歳だということが信じられるようになった。

「ん？　何見てるのよ、ジーク」

俺の目の前の席で、大きな口を開けて食事をしているルアーナ。

海のような深い青色の髪は一年前よりも長くなり艶が出ていて、しっかり手入れがされていることがわかる。

もともと短かったのは、手入れが全然できなかったので適当に自分で切っていたから、らしい。

そりゃボサボサになるに決まっている。

身長もだいぶ伸びて、俺と頭二つ分もあった身長差は、頭一つ分くらいまで縮まった。

ルアーナは「あと一年後にはあなたを超すわよ」と言っていたが、さすがに最近は身長の方の成長は止まっているようなので、それは無理だろう。

めちゃくちゃ細かった身体もちゃんと食事をしているお陰で、まだ細いが健康的な体型になってきた。

　これじゃあもうチビとか言えないな、残念だ。

「別になんでもねえよ。馬鹿みたいに口を開けてるな、と思っただけだ」

「むっ、それはジークがそのタイミングで見てくるからでしょ」

　この一年で、こいつはとにかく食事が好きだということがわかった。

　やはりずっと食べられていなかったからこそ、食事が大事でとても好きになったのだろう。

　ただこいつの部屋に行くといつもお菓子ばかり食っているのは、食べすぎな気もするが。

「ほら、早く食わないと戦いに遅れるぞ。早くしろよ、聖女様」

「……聖女って言われることには慣れてきたけど、あなたに言われるとイラッとするわね」

　一年前から今まで、こいつは戦場でずっと聖女と呼ばれてきた。

　最初はそれを面白がっていたのだが……最近は兵士どもが馬鹿みたいに「聖女様！　お綺麗です！」と騒いでいるのを見ると、妙にイラッとする。

　最初の頃は「聖女様！」と呼ばれていても、ルアーナの容姿が子どもすぎたからか、綺麗などと言われてはいなかった。

　女性の魔導士からは可愛い、と言われてお菓子をもらってはいたが。

　今はしっかり食事をして成長して……まあ綺麗と言われるくらいの容姿にはなってきた。

だが兵士達が「綺麗です！」と褒(ほ)めているのを見ると、イラッとする。

その兵士達が努力もせずにルアーナに頼(たよ)りっぱなしだからだろう。

ルアーナはこの一年間、とても努力していた。

遠くから放つだけで魔物の動きを止めて、近くから放てば消滅(しょうめつ)させる強力な光魔法。

最初はルアーナの光魔法は魔物を消滅させるほどの力は持っていなかった。

遠くから光を放って魔物の動きを止めるだけでも十分、他(ほか)にない強さなのだが、ルアーナはそれだけでは満足していなかった。

満足というか、こいつは自分に自信がないみたいで『今のままじゃ、もしかしたら捨てられるかもしれない。ここで捨てられたら私、生きていけないから』と言って、必死になって自分の魔法を強化しようとしていた。

光をずっと放つことには慣れていた、暗闇(くらやみ)の部屋にずっといたらしいから。

クソ共が、胸糞(むなくそ)が悪いな……まあそこはいい。

だが光を強く放つことには慣れていないようだったので、それには苦戦していた。

魔物を一瞬(いっしゅん)で消し飛ばすほどの光量を放つ練習、それをこの一年間ずっと繰(く)り返していた。

さらにはもっと遠くまで光を届かせるようにする練習も。

訓練場で汗(あせ)だくになりながらやっているのを何度も見た。

時にはやりすぎて気絶して、俺が部屋まで運んでやったこともあった。

そんな努力も知らずに、兵士達が「やっぱり聖女様はすごい！」と騒いでいるのを見ると、腹が立つ。

「ジーク、どうしたの？　食事の手が止まってるわよ？」

「……なんでもねえよ」

のんきな顔をして飯を食っているルアーナ。

そういえばこいつからジークと呼ばれるようになって、どれくらい経っただろうか。

最初はこいつが「ジークハルト」を間違えて「ジークハット」と呼んだから、誰だそれはと思って。

ルアーナが「長いから間違えるのよ」と言ったから、「じゃあジークでいい」と俺が折れたところから始まった。

父上と母上にしか呼ばれてない愛称、それをこいつから呼ばれることに何も抵抗はなかった。

「ご馳走様。ジーク、早く食べ終わらないと先に行くわよ」

「ああ、もう食べ終わる」

バクッと一口で残りを全部食って、咀嚼しながらルアーナと一緒に立ち上がる。

「行儀悪いわね」

「んっ、別に誰も見てないんだから問題ねえだろ」

「私というレディがいるじゃない」

「はっ、まだレディっていうには気品が足りないだろ」

「むっ、それは伯爵家にいた頃、何も学ばせてもらえなかったから」

……そう言われると何も言えなくなるし、気まずいだろうが。

確かに幼いルアーナを五年間も屋根裏部屋に押し込んでたクズ共が、こいつに淑女になるための教養を教えるとは思えないな。

「……教養を身につけたいなら、まずはもっと強くなって時間や生活に余裕を持たないとだな」

「そうね、まずは戦場で活躍しないと。そうしないと私はこの屋敷から追い出されちゃうから」

ルアーナは気を引き締めるようにそう言った。

やはりまだこの屋敷には活躍し続けないといられない、と思っているようだ。

まあ父上の考えは俺にもまだわからないので否定はできないが……ルアーナに自信がないのは変わらないな。

そして俺達は戦場へと向かった。

戦場に着き、いつも通りの魔物との戦闘が始まる。

魔物の大群は一日に数度ほど来るので、兵士達が交代で前線の砦を守り続けている。

俺とルアーナは一番魔物が来ることが多い昼から夜にかけて戦場に立つ。

一番大変な時間のはずが、ルアーナがいると結構楽な時間に変わる。

『光明』」

砦の壁上でルアーナがそう唱えて光を放つと、魔物達が悲鳴を上げてのたうち回る。

ほとんどの魔物が兵士達に攻撃するどころではなくなるので、簡単にとどめを刺せる。

俺は砦から少し離れて、光があまり届いていないところを回って魔物を倒す。

しばらくして魔物を全部倒し終わり、一段落つくと兵士達の気が緩む。

「今日も聖女様の魔法は本当にすごいな」

「ああ、本当に楽に魔物を倒せる。聖女様はディンケル辺境の救世主だ」

またイライラする会話が耳に入り、「チッ」と思わず舌打ちをしてしまう。

あいつの頑張りを全く知らないような奴らが、その恩恵を受けて馬鹿みたいにへらへらしてんじゃねえ。

さすがにそんなことは言えず、俺は殺した魔物達を一か所に適当に集めていく。

早めに魔物を焼いて事後処理をしないと、また魔物の大群が来るから死骸が邪魔で自由に動けず、戦闘が面倒なことになる。

「聖女様、今日もお疲れ様です！」

「お疲れ様、早く事後処理をしましょう」

「聖女様はお疲れでしょうから、俺達がしますのでどうかお休みを！」

「いえ、私も手伝います」

兵士達がルアーナの周りに集まって、そんな会話をしているのが聞こえた。

ルアーナも適当に作り笑いをしながら話しているのを見て、妙にイラつく。

胸の内がざわつくから、ルアーナ達の話し声が届かないところで適当に魔物の死体を集めていく。

俺は何をやってんだか……と、そんなことを考えている時。

「危ないっ!!」

と叫び声が聞こえて、声がした方向を向く。

するとルアーナの近くにいた兵士の一人が、オオカミの魔物に襲われかけていた。

なぜまだくたばってない魔物が……!?

「うわぁ!?」

兵士が驚いて、無様に後ずさって何もできずに喉元を噛まれそうになった……瞬間。

「『白光』！」

ルアーナが咄嗟に兵士と魔物の間に手を割り込ませ、魔物に大きく眩しい光を当てる。

白い光が魔物を包み込み、その光がなくなると魔物も消滅していた。

ルアーナがこの一年間ずっと練習していた、一瞬の大きな光を放つ魔法だ。

「め、目がぁぁ!?」

「な、何も見えない……!」

「す、すみません、咄嗟のことで!」

襲われかけた兵士と近くにいた兵士達、三人が光にやられて手で目を押さえていた。

ルアーナは助けた側だというのに、申し訳なさそうに謝っている。

それを見て俺は……頭の中で何かが切れた。

そちらの方に近づくと、すぐにルアーナが俺に気づく。

しかし俺はルアーナを無視して、目を押さえている兵士の一人、そいつの横っ面を、思いっきりぶん殴った。

「ぶへっ!?」

みっともない声を出しながら地面に転がる兵士。

あと二人いたが、そいつらも順番に殴っていく。

「ぐっ!?」

「いっ!?」

「ちょ、ちょっとジーク!? 何やってんの!?」

　ルアーナが焦ったような声を上げるが、それを無視して転がってる兵士達に言う。

「ここの魔物共は、てめえらが倒したんだよな？　砦の近くにいて、光魔法が当たってまともに動けない魔物だったはずだ。それがなんで生きてんだよ、おい」

　目も見えないまま頰の痛みに呻いている兵士を一人、首を摑んで持ち上げる。

「ぐぅ……！」

「魔物が弱ってるからって、油断してたってか？　舐めてんのかよ」

　首に込めた力がどんどん強くなり、男も苦しそうにしているが俺の怒りは収まらない。

「お前のミスでお前が死ぬんだったら何も言わないが、周りを危険にさらしてんじゃねえよ！」

　そう怒鳴ってから、持ち上げた兵士を地面へ投げ捨てる。

　このままこいつらを斬ってしまいたいくらい、頭に血が上っている。

「ジーク、もうそれくらいに……」

　ルアーナが恐る恐るという感じで、俺の怒りを抑えようとしてくる。

　こいつが全く怒っていないことも、イラッとしてしまう。

「お前は怒ってねえのかよ！　こいつらのせいでお前も巻き込まれたんだぞ！」

「私はなんともなかったから大丈夫よ。ジークが戦場で油断するなって言うのは正論だけど、この人達も反省しているだろうから」

ルアーナが俺の右腕に手を添えて言った言葉を聞いて、上っていた血が少しずつ下がっていく。

こいつは自己犠牲というよりも、自分への評価が低いのだろう。

俺がルアーナのために怒っているとは、微塵も思ってないようだ。

別に俺も怒っている理由は全部ルアーナのためというわけではないが……。

「……もういい」

「あっ……」

俺はルアーナの手を振り払って、その場から離れる。

一度冷静になってみて、思った。

俺はあいつらに怒鳴り散らしたが……本当なら、俺にはあいつらを怒鳴る資格などない。

なぜなら俺も、事後処理の時に油断をして……母上に庇われたのだから。

さっき、ルアーナがあの兵士と魔物の間に手を伸ばした時に、思い出したのだ。

俺もああやって、守られたと。


今日の戦闘が、無事に終わった。

♦︎♦︎♦︎

いや、無事なのかな？　私の身体は全く傷ついていないけど……。

さっき、兵士の人達が魔物にとどめを刺し切れておらず、襲われそうになった。

幸いにも私が近くにいて、咄嗟に魔物を消滅させる光魔法を放てたから、大事には至らなかった。

だけどその時に、ジークが私の想像以上に怒っていた。

あんなに怒るとは思わず、私もビックリしてしまった。

ジークが言っていたことは全部正論だし、油断していた兵士達が全面的に悪い。

だから反省を促すためにもう少し怒ってもよかったかもしれないけど……ジークが怒っている姿を見たくないと思い、止めてしまった。

ジークが去ってからクロヴィス様が来て、兵士達を連れて行ってしまった。

それから彼らの姿は見えないけど、クビになったのかな？

まさか……殺されてはないよね？

クロヴィス様はとても厳しくて怖い人だけど、優しいから……半殺しくらいにはしてるかもだけど。

私も油断したら、兵士の人達みたいにクビになるかも……気を引き締めていこう。

それよりも今は、ジークのことだ。

ジークが去っていく時、彼の表情がチラッと見えた。

とても傷ついたような、苦しそうな表情だった。
なんであんな表情をしていたのか全くわからないけど……。
そのことがあってから、ジークとずっと話せていない。
昼ご飯はいつもジークと食べていたのに、今日はジークが違う場所で食べていた。
いつも通りとても美味しい食事だったのに……なんだか、味気なかった気がする。
私やジークが担当する時間が終わり、魔物の事後処理も終えた。
事後処理で魔導士の人達が魔物を焼いていく。
私は希少魔法の光魔法しかほとんど使えない。
基本属性の魔法も練習したけど、それほど上手く扱えなかった。
希少魔法を持っている魔導士は、基本の四属性は使えないことが多いらしい。
私は多少使えるけど、魔物を燃やすほどの炎は出せない。
事後処理後、ジークが遠くで立っているのを見つけた。
もう傷ついたような表情は見えないが、いつもよりも元気がないようにも見える。
彼も私に気づいたようで、視線が合った。
しかしすぐに視線を外して、どこかへ去っていった。
その後、ディンケル辺境伯の屋敷に戻り、夕食を食べた。

ここでもいつも一緒にジークと食べるのに、今日は食堂にジークが来なかった。

「クロヴィス様、ジークは？」

「あいつは部屋で食べるとのことだ」

「そう、ですか」

やっぱり避けられてるのかな？

多分そうだろうけど、なんでこんなに避けられているのかわからない。

兵士達を庇ったことが、ジークを怒らせちゃったのかな？

そのくらいでここまで怒るような人じゃないと思うけど。

「ルアーナ、ジークと何かあったのか？」

「……あったといえば、ありましたが」

「昼間のあのクズ兵士達とのことか？」

「そうですね」

クズ兵士と呼んでることは無視しよう、ジークもクロヴィス様もそういう人だ。

「あの出来事からなぜか私が避けられていて……」

「ふむ……私には理由がなんとなくわかっているが、何も言えんな。聞きたいなら、ジークから直接聞いてくれ」

「かしこまりました」

やはりクロヴィス様は家族だから、ジークの様子がおかしくなった理由は理解しているみたいね。

私はまだジークやクロヴィス様と出会って一年しか一緒にいない。

だいぶ濃い一年だとは思っていたが、そう思っているのは私だけかもしれない。

アルタミラ伯爵家に生贄にされて、ディンケル辺境に来て自分の能力を売り込んでここまで頑張ってきた。

ずっと屋根裏部屋に閉じ込められていた五年間よりも、とても充実した一年だったと思う。

その充実した一年を過ごせたのは、クロヴィス様やジークのお陰だ。

そのジークとの仲が微妙になるのは嫌だな……。

よし、ジークの部屋に行って理由を直接聞こう。

私は夕食を食べ終わり、席を立つ。

「クロヴィス様、私はジークの部屋に行って直接話を聞こうと思います」

「そうか、わかった。ルアーナになら、ジークも話すだろう」

「怒らせてしまったので、話してくれるといいのですが……」

「大丈夫だ。あいつが怒っていたとしても、ルアーナにじゃない」

「私にじゃない？」

「それも、話してくれるだろう」

クロヴィス様はそう言って、それ以上詳しくは教えてくれなかった。

不思議に思いながらも私は食堂を出て、ジークの部屋に向かう。

何度かジークの部屋に行ったことがあるので、案内なしに着いて扉をノックする。

「ジーク。私、ルアーナだけど。開けてくれる？」

私がそう声をかけてしばらく待つと、扉が開いて中からジークが出てくる。

「……なんだ、何か用か？」

「ちょっと話したいことがあって。入れてくれる？」

「……ああ、いいぞ」

少し広く扉を開けて、部屋に入れてくれた。

ジークの部屋は最低限の調度品しか置いてないけど、辺境伯の息子らしくとても豪華な物が多い。

まあ私の部屋も、同じかそれ以上にすごい物が置いてあるんだけど。

この一年でさらに良い部屋を用意してもらって、本当に恐縮している。

そんなことを考えながら、私はソファに座ってテーブルの上にある紅茶を淹れる。

「ジークも飲む？」

「……ああ」

ジークは隣のソファに座った。

私はカップをジークの前に置く。

すぐにジークは一口飲んで、私も一緒に飲む。

「……淹れるの下手だな」

「お湯をポットに入れるだけなんだから、誰が淹れても変わらないでしょ」

「はっ、だからお前はレディとは呼べないんだ。貸してみろ」

ティーポットを渡すと、紅茶を淹れ始める。

私の分も淹れてくれて、「ほら」と言って渡してきた。

私よりも時間をかけて淹れているだけで、何が変わったのかわからないけど。

とりあえず一口飲んでみると……。

「えっ、美味しい」

「……ん、まずまずだな」

私が淹れた紅茶とは全然違う、こっちの方が美味しい。

「こんなに違うんだ……」

「レディって呼ばれたいんだったら、これくらいはできないとな」

「むっ……逆になんでジークはこんなにできるの？　もしかして、レディって呼ばれたいの？」

「そんなわけねえだろ」

私の言葉に、ジークはいつものように言い返してくる。

だけどその言い方にも、まだ少し元気がない気がする。

「俺ができるのは……母上に教えてもらったからだ」

「っ、ジークのお母様に？」

確かジークのお母様は、もう……。

口角を上げているジークだけど、少し寂しそうな笑みだ。

「ああ、母上は気品溢れる女性だった。だがまあ、父上や俺と一緒にいる時はだいぶ崩していたが」

「そうなんだ……」

「母上は、とても強い魔導士だった。お前みたいな希少魔法は持ってないが、戦場で一番多くの魔物を倒していた。とても尊敬できる、母上だった。だが……」

少し笑みを浮かべていたジークだが、一気に笑みを消して暗くなる。

「母上がやられたのは、俺のせいだ」

「えっ？」

「事後処理の時に、俺が運ぼうとした魔物にまだ息があった。俺は油断していて……母上が俺を庇って、やられた」

「っ……」

「母上は最後の力を振り絞ってその魔物を倒したんだが、その場で倒れて……」

「そう……」

知らなかった、ジークのお母様はそうして亡くなられたなんて……。

「だから今日、あの兵士共に怒りのままに怒鳴ったが……本当なら、俺には怒鳴る資格などなかったんだ」

自嘲気味に笑ったジークは、とても悲しそうな表情だ。

今日彼があれだけ怒ったのは、自分も同じミスをしていたからなのかもしれない。

「そうだったのね……」

「運ぼうとした魔物は、俺が倒した魔物ではなかった。だがそれでも、運ぶ時に油断したのは俺だ。今日のあいつらと、やったことはほぼ変わらない」

「それは少し違うとは思うけど……」

彼が倒した魔物じゃないなら、油断したのは違う人。今日の兵士達のような人が、一番非難されるべきだと思う。

「今回の兵士共は誰も巻き込まなかったが、俺の時は母上が犠牲になった。はっ、そう思うと俺の方が悪い気もするな」

「そんなことは絶対にないわよ。あれは私がいたからなんとかなったんだし」

「……すまなかった」

「えっ？」

いきなり謝罪の言葉が聞こえてビックリした。

「あいつらにぶつけていた怒りを、お前にもぶつけてしまった。ルアーナのお陰で誰も怪我無く終わったのに。俺が未熟だった」

「いや、それは大丈夫だけど……えっ、ジークって謝れるんだ」

「お前、俺を何だと思ってるんだ」

だって今まで謝られた記憶がないし。

そう思うと私も謝った記憶はないかも。

口喧嘩が多いけど、お互いに謝りはしないからなぁ。

「今回は俺が全面的に悪いし、謝りもする。俺もまだまだ未熟だが、そこまで人間できてないわけじゃない」

「そっか、だけど別に謝られるほどのことじゃないと思うけどね。あ、でもなんで私を避けてたの？」

怒った理由とか、悲しんだような表情をしてた理由はわかった。

だけどそれでなんで私を避けたんだろう？

「それは……お前が母上と被ったからだな」

「ジークのお母様と？」

「ああ。母上も、俺を守るために前に出て犠牲になった。あの時、お前が兵士と魔物の間に腕(うで)を入れた瞬間(しゅんかん)、母上と重なった」

「……」

「当時のことを少し思い出して……感情が整理できなかった。だからお前と距離(きょり)を少しおいていた」

「そっか……」

私の行動が、ジークのトラウマを少し思い出させてしまったようだ。

それなら私を避けた理由も、理解できた。

「話してくれてありがとう、ジーク」

「別に、礼を言われるようなことじゃねえよ」

「ううん、ジークのお母様の話を聞けてよかった。それにそんな話をしてくれるって、なんだか仲良くないとできない気もするし」

「っ……まあ、父上以外はお前にしか話したことはないが」

そう言って照れ臭(くさ)そうに視線を逸(そ)らすジーク。

ふふっ、なんだか可愛(かわい)らしい。

素っ気なかった大型犬が私に懐(なつ)いてくれたような、可愛らしさと嬉(うれ)しさがある。

「なんだよ、何笑ってんだ」

「いえ、別に。ただジークは可愛いなぁって思って」

「っ、揶揄ってんじゃねえよ」

「本当のことなのに」

「そうかよ……」

ジークが照れ隠しに紅茶を飲む。私も一口飲んだ。

やっぱりジークの淹れてくれた紅茶はとても美味しいわね。

……私も、ジークのお母様とお会いしたかったな。


――そして、翌日の朝食の時。

クロヴィス様から話があった。

「私の妻を、助けてほしい」

「……えっ、亡くなったのではないんですか？」

「ん？　私の妻か？　生きてるが？」

「えっ？」

クロヴィス様の言葉に、私は目を見開いて驚く。

生きてるの？　えっ？

「だってジークが……！」

正面にいるジークを見ると、悪びれた様子もなく、むしろニヤッと笑って。

「俺を庇って犠牲になったと言ったが、一度も死んだとは言ってないが？」

「っ……！　じゃあ訂正しなさいよ！」

「勘違いするお前が悪い。勝手に俺の母上を殺すなよ」

……やっぱりこの大型犬、嫌いだわ！

私がジークを睨んでいると、クロヴィス様が咳払いをする。

「お前らの喧嘩を見るために、私は妻の話を始めたんじゃないぞ」

「あっ、すみません」

そうだ、今はとりあえずジークのことはどうでもいい。

まずこの話を始めたのは、クロヴィス様だ。

「ジークも、あまり度が過ぎたイタズラをするなよ」

「だけど今回はルアーナが勝手に勘違いしただけです」

「そうか。だがまあ、嫌われたくないならほどほどにしておけ」

「……まあ、了解です」

嫌われたくない？　クロヴィス様やお母様からかしら？

そうね、自分の息子が嘘つきなんて嫌よね。

「話を続けるぞ。私の妻、アイルについてだ」

クロヴィス様の奥様、アイル辺境伯夫人。

ジークを守るために犠牲になったと聞いていたが。

「約二年前、つまりルアーナが来る一年ほど前に、魔物の攻撃を受けた。致命傷を負い、幸いにも命は取り留めたが、意識は戻っていない……二年間、ずっと」

「っ、そうなのですね……」

「死んではない。だが、死んでない、だけだ」

クロヴィス様は極めて落ち着いて話しているが、いつもよりも声に力が入っている気がする。

「アイル辺境伯夫人は、今どちらに？」

「ここから少し離れた別荘、そこで彼女は眠り続けている」

別荘があるとは聞いていたけど、辺境伯夫人がずっといることは知らなかった。

「知っていると思うが、魔物には魔毒という人間のみに害を与える毒を持っている個体がいる」

「はい、存じております」

ほとんどの魔物は持っていないが、特別に強い魔物が持っていることが多い。

主に爪や牙での攻撃を受けると感染し、傷口から入ると細胞がどんどんと壊死していき

い。


……最終的に、死に至る。

少量なら解毒剤で治ることもあるが、多量の魔毒に侵されると、もうどうにもならない。

死なないためには、例えば腕から魔毒が入ったのなら……早急に腕を切らないといけない。

これまでに何人か、私はそうして腕を切り落として戦線から離脱した兵士を見ている。

「アイルも、魔毒にやられた。肩から胸元を爪で引き裂かれたから、切り落とすことなんてできない」

肩から胸元、致命傷を受けたと言っていたが……どれだけ大きくて深い傷だったのか。

そんな大きな傷から魔毒が入って、二年間も生きていられるのかな？

「彼女はとても優秀な魔導士だ。魔毒は魔力操作で進行を遅らせることができる。おそらくアイルは自分の魔力で魔毒の進行を遅らせている」

「なるほど……」

そんなことが可能だったのね、知らなかった。

意識を失いながらも魔毒の進行を止めて生きているなんて、本当にすごい。

「魔毒をあんなに食らって二年間も生きていることが奇跡、彼女がとても優秀だからこそ。だがこの二年間で徐々に、魔毒は進行している。死ぬのも、時間の問題だ」

絞り出すようなクロヴィス様の声。

ジークも悲痛な顔をして、父親であるクロヴィス様を見つめている。

「そう、なのですね……」

数秒ほど、痛々しい沈黙が流れる。

私もどう反応すればいいかわからなかったのだが、クロヴィス様が再び喋り始める。

「朝から暗い話をしてしまってすまないな」

「あっ、いえ、大丈夫です。むしろそんな大事な話を聞かせていただけるなんて……」

ん？　あれ、なんで私にこんな重大なことを話したんだろう？

私がこの屋敷に来て一年間、一度も辺境伯夫人の話なんかされなかった。

なぜ今になって、話をしたのだろうか。

「あの、いきなりなんでこんな大事な話を私に？」

「ああ、今話したのには理由がある」

クロヴィス様は私のことを真っすぐ見つめながら話を続ける。

「お前がこの家に来た時、私は奇跡だと思った。ずっと探していた希少魔法、光魔法を使える者が来たと」

「光魔法を？」

「そうだ。光魔法は魔物に当てると動きを止め、消滅させることもできる。だがそれと同時に、人間に対しては治癒効果があると言われている」

「っ、そうなのですか？」

そんな能力、初めて知った。

治癒の魔法能力は本当に珍しいし、使える者が限られている。

「ああ、私は陰ながら治癒魔法の持ち主を探し出して、アイルのところまで連れて行って治癒してもらったこともある。しかし、効果は全くなかった」

「そうだったのですね……」

「だが光魔法での治癒は、いまだに試したことがない。しかし私の勘だが、一番可能性が高いと踏んでいる」

「父上、それはなぜですか？」

ずっと黙って聞いていたジークがそう問いかけた。

ジークも母親についてだから、とても真剣に話を聞いているようだ。

「アイルは魔毒によって身体を蝕まれている。光魔法は魔物にだけ効果的な力、その治癒魔法だったら解毒できる可能性が高いはずだ」

「っ、なるほど……」

確かにそれは一理あるかもしれない。

私も納得して頷いていると、「ルアーナ」とクロヴィス様から呼ばれる。

「本題だ。一年間、お前はとても努力をして光魔法の練度を上げた。まだ治癒魔法を覚えていないだろうが、前に光魔法を見せてもらった時にオレンジ色の光を出してもらったことがあるだろう」

「確かに、ありましたね」

「光魔法の治癒はオレンジ色の光を発すると聞いたことがある。おそらくそれだ」

「なるほど……」

今まで白い光を放っていたけど、それに治癒の効果もあれば戦場で魔物を消滅させながら味方を治す、とんでもない魔法になっていたかもしれないわね。

オレンジの方には多分だけど、魔物を消滅させる効果はないだろう。

「ルアーナ……私の妻、アイルを助けてほしい」

「クロヴィス様……」

「頼む、この通りだ」

そう言うと、クロヴィス様は座ったままだが、テーブルにつくほど頭を下げた。

私は目を丸くして驚いた。ジークも同様に驚いている。

クロヴィス様が頭を下げるところなんて見たことがない。

「お、おやめください、クロヴィス様！　私に頭を下げるなんて……！」

「アイルのためなら頭くらい、いくらでも下げる。それにルアーナ、私は君をとても評価している。一番アイルを目覚めさせる可能性があるのだから、頭を下げるくらいじゃ足りない」

クロヴィス様は頭を上げて、真剣な表情で取引のようなことを言い出す。

「アイルを助けてくれたら、ディンケル辺境にこの屋敷と同等かそれ以上の家を買って贈ろう。気に入ったメイドや執事も五人ほど引き抜いていい。それでどうだろうか？」

「い、いえいえ！　ちょっと待ってください！」

そんなことをいきなり言われても、本当に困る。

だけどクロヴィス様はアイル辺境伯夫人のことを、かけがえのない存在だと思っていることがわかった。

だからこそ……恩返しがしたい。

「クロヴィス様、報酬なんていりません。その話を聞いた瞬間から、私はアイル辺境伯夫人を助けたいと思っています」

「……優しい君ならそう思うだろう。だがそれとこれとは話が違う。アイルを助けたら報酬を出すのは、当然のことだ」

「報酬なら、すでに貰い続けています」

「なに？」

不思議そうにするクロヴィス様に、私は笑みを浮かべて続ける。

「今もそうです。この時間、クロヴィス様やジークと話すことが、私にとっては報酬なんです」

　アルタミラ伯爵家にいた五年間、ずっと誰とも話せなかった。

　話すとしても一方的に命令をされるか、罵詈雑言を浴びせられるだけで、まともな会話なんて全くした覚えがない。

　この屋敷に来て一年、誰かと食事をすることがこんなに幸せで心休まることだったと、思い出した。

　お母さんと二人で暮らして幸せだった時のことを、思い出させてくれた。

「報酬をいただくとしたら、今まで通り私をこの辺境伯家に置いて、食事を一緒にしてください。どんな金品や大きな屋敷よりも、嬉しい報酬です」

「ルアーナ……」

「あっ、アイル辺境伯夫人を治した後は、夫人もご一緒できれば嬉しいです」

　私が心の底から思ったことを言うと、クロヴィス様の目が少しだけ潤んだように見えた。

　本当に一瞬で、クロヴィス様が目を伏せて次に私と視線を合わせた時にはいつも通りだった。

　だけどいつもよりも、優しい眼差しをしている気がする。

「お前は本当に……欲がない人間だな、ルアーナ」

「欲ならありますよ。特に食欲が」

「ふっ、そうか。じゃあ朝からいっぱい食べろ、足りないなら足りるまで食べさせてやる」

「ありがとうございます！」

やった！　それは本当に嬉しい！

みんなで食べる食事は楽しいけど、やっぱり食事自体が美味しいのも理由よね。

そんなことを考えながら、また食べ始めようとしたが……ジークにジッと見られていた。

「な、なによ」

「いや、なんでもない」

「そう？」

「……母上のこと、よろしく頼む」

「……うん、全力を尽くすわ」

私達はそう会話をしてから、朝食を再開した。

ルアーナに、母上のことを話した日の夜。
俺は父上の部屋に呼ばれていた。
「別荘と連絡が取れた。三日後、ルアーナを別荘に行かせる。ジークもついていってくれ」

「わかりました」

「私は仕事で行けないのが心苦しいが、頼んだぞ」

「はい」

用事を言い終わった父上が、「しかし……」と言いながらため息をついた。

「ルアーナは本当に欲がないな。辺境伯夫人の命を救うのだから、一生遊んで暮らせるほどの金を要求しても問題ないというのに」

「あいつにそんな欲がないのは、もう父上もご存じでしょう」

「一年も一緒に暮らしていればな。食欲と睡眠欲は強いようだが」

確かに、一度寝れば朝まで絶対に起きないし、小柄にしては結構食う。

だがそれを報酬として与えることも難しい、すでにいつも与えているから。

「まあルアーナの欲のなさは、今までずっと伯爵家で贅沢な暮らしなどができなかったからだろうが」

「……そうでしょうね」

十歳の頃から伯爵家で軟禁されていたルアーナ。

辺境伯家に来ても、その頃の影響か全く物欲などがない。

この一年、あいつが給料で買った物はお菓子か本くらいだろう。

お菓子はもちろん食べるため、本は暇潰しと魔法などを学ぶためだった。

服や宝飾品を買っているところは見たことがないな。

それにルアーナは給金を貰えることすら驚いていた。

『えっ⁉ も、貰っていいんですか？』

『当たり前だろう、辺境伯家がそんなに薄情だと思ったのか？』

『い、いえ、そんなことは。だけど私はすでに衣食住を与えられていて、その上お金まで貰っていいのですか？』

父上が最初に給金を渡した時、ルアーナは本気でそんな質問をしていた。

その額にも驚いていたが、戦場で一番役に立っている魔導士が一ヵ月で宝飾品を十数個余裕で買えるくらいの給金を貰うのは当然だろう。

「ルアーナはまだ、私達から捨てられるかも、と考えていると思うか？」

「どうでしょう、さすがに一年前ほど本気で考えているとは思いませんが」

「ふむ、どうせならもう出自を書き換えてやろうか。皇帝陛下に掛け合うのは面倒だが、それがルアーナに対しての報酬でもいいかもしれないな」

父上もすでに、ルアーナを家族だと認めているようだ。

というか出自を書き換えるって、そんなことできるのか？

平民だったら簡単かもしれないが、ルアーナは一応伯爵家の婚外子だ。

かなり無理をしないと難しいだろう。

「ルアーナのためにそこまで？」

「ああ、私はそのくらいルアーナを好いているぞ。お前は違うのか、ジーク」

「……そりゃ俺も一年暮らしていれば、情くらいは湧きます」

「ふっ、素直じゃない奴だ。まあいい、話は終わったから戻っていいぞ」

「はい、失礼します」

俺は一礼してから、父上の執務室を出る。

もう夜も遅いので、適当にシャワーだけ浴びて寝るか。

そう考えながら廊下を歩いていたのだが、ルアーナのことが一瞬思い浮かんで、俺は足を止める。

夜遅い、だがこの時間はまだ訓練場が開いているはずだ。

最近のルアーナはそこまで必死に訓練をしていることはなかったが、今日あいつは治癒魔法の存在を初めて知った。

はぁ……行くか。

俺は踵を返し、訓練場へと向かった。

「……やっぱりな」

訓練場の中へ入ると、ルアーナが一人で光魔法を放っていた。

いつもとは違うオレンジ色の光、優しい色でいかにも治癒っぽい雰囲気がある。

だがすぐにその光が収まり、異変を感じた。

ルアーナは光魔法をずっと維持するという練習をするはずなのだが、今のはろくに維持もできていない雰囲気だった。

よく見ると、ルアーナは膝に手をついて今にも倒れそうなほど消耗していた。

俺は驚いてすぐに駆け足で近づいていく。

「はぁ、はぁ……まさかこんなに、疲れるとは……」

「ルアーナ！」

「っ、ジーク……」

ルアーナは俺を見て少し目を見開いて驚いた様子だが、すぐに目尻を下げて笑った。

疲れているからか、俺を信用しているからか、安心しきった無防備な笑みで……胸にくるものがあった。

「なんでそんなになるまでやってんだよ。アホなのか？」

「ちょっとだけやろうと思ったんだけど、まさかここまで治癒魔法が疲れるものとは思ってなくてね……」

いつもなら軽口を叩き合うのだが、今はその余裕もないようだ。

「歩けるのか？」

「ちょっと、無理みたい……」

「……はぁ」

俺はさらにルアーナに近づき、彼女の膝裏と背中に腕を回して持ち上げる。

「きゃっ」

無駄に可愛らしい声を上げたルアーナを、俺は横抱きにして歩く。

「ちょ、ちょっと、いきなりビックリするでしょ」

「お前が歩けないから運んでやってんだ、感謝しろよ」

「だ、だけどこれ、お姫様抱っこで……」

「……これが一番持ち上げやすいだろ、お前は軽いからな」

俺の胸辺りにあるルアーナの顔を見ると、頬を赤くして俺を見上げていた。

いつもよりもしおらしく愛らしい表情に、変な気持ちを抱かないように視線を逸らした。

訓練場を出て、ルアーナの部屋に向かう。

その途中で一人のメイドに会ったので、ルアーナの部屋に後で来るようにと伝える。

「かしこまりました。お茶菓子などをお持ちしましょうか？」

「いや、いらないが」

「お二人でお話などをするのでは？」

「運ぶだけだ。こいつは訓練終わりだから、湯浴みの準備でもしてくれ」

「かしこまりました、失礼いたしました」

　どうやら俺がルアーナの部屋に長居すると思ったようだ。

　メイドはルアーナが疲れていることを知らないので、俺が横抱きにして部屋に連れて行くのを見れば……逢瀬と勘違いするか。

　メイドと別れた後、ルアーナの部屋まで行く。

　部屋に着き、ルアーナをソファに座らせる。

「ありがとう、ジーク」

「ああ、あんまり無理するなよ。明日も戦場に立つんだから」

「うん、明日までには回復すると思うから」

　だろうな、ルアーナは気絶するまで訓練をしても、翌日にはケロッとした様子で戦場に立っている。

　魔力の回復速度が普通の魔導士よりも速いのだろう。

　だからこそ無理をしているのだが……しょうがない。

　俺はルアーナの頭をポンポンと叩く。

「えっ、な、なに？」

　不思議そうに俺を見上げるルアーナ。

「お前に無理をするなと言っても、無駄なのは知ってる」

「えっ、なんか酷くない？」

「この一年、無理をし続けたのはお前だろ？」

「……否定できないけど」

頰を軽く膨らませるルアーナに、俺はおかしくてふっと笑う。

ルアーナを、この女性を俺は……。

「だから、戦場では俺の隣か後ろにいろ」

「なんで？」

「俺が必ず、守ってやるからだ」

母上の時のようなミスは、もう絶対にしない。

今度は俺が……守りたい。

「えっ……」

俺の言葉を聞いて、ルアーナは目を丸くした。

……待てよ、俺は今何をやってるんだ？

ルアーナの頭に手を置きながら、なぜこんなことを……！

自分の状況を頭の中で把握しかけた時、部屋の扉にノックが響く。

「失礼します、湯浴みの準備ができましたのでお迎えにあがりました」

扉の外からさっきのメイドの声が聞こえてきて、俺はバッとルアーナから離れる。

「そ、そういうことで、じゃあなルアーナ。しっかり寝とけよ」

「あっ、う、うん……！」

お互いに顔を赤く染めたまま、俺は恥ずかしくなりすぐに部屋を出た。

部屋の前にはメイドが立っていた。

「あっ、ジークハルト様、部屋に入っても大丈夫でしょうか？」

「……ああ、任せた」

「はい……あの、顔が赤いようですが大丈夫ですか？」

「問題ない」

俺はそれだけ言って、その場を去った。

くそ、俺は何をやってるんだ……！

さっきの行動を少し後悔しながら、俺も自室へ戻る。

その後、すぐに寝ようとしたのだが、さっきのことを思い出して寝られなかった。

ルアーナに早く寝ろと言ったのは俺なのに、本当に何をやってるのか……。

数日後、私はディンケル辺境伯家の別荘にいた。

本邸とほぼ変わらない大きさの別荘、しっかり管理がされているのか外装も内装もとても綺麗だ。

ここに……ジークのお母様、アイル辺境伯夫人がいらっしゃるのね。

「ルアーナ、行くぞ」

「あ、うん」

一緒に馬車に乗ってきたジークが先に降りて、私もその後に続いて降りる。

ジークといると、数日前の私の部屋での出来事を思い出してしまうけど……。

『俺が必ず、守ってやるからだ』

っ……今でも思い出すと、顔が熱くなる。

あの時はすぐに反応できず、ジークが出て行ってから悶えてしまった。

……すごいカッコよかったなぁ。

はっ！　いけない、変なことを考えちゃダメよ。

あれはアイル辺境伯夫人を助けるために無理をしていた私に、仕方なく言った言葉なんだから。

それ以外の意味はないはず、うん。

そんなことを考えて自分を落ち着かせてから別荘に入ると、すぐに執事やメイドの方々に囲まれるが、ほとんどが年配の人ばかりだ。

なんでだろう？　本邸では普通に若い人がいたけど。

「ここには父上が本当に信頼している使用人しか置いていない」

部屋に案内された後、ジークに聞いたらそう答えてくれた。

「だから父上が子どもの頃から仕えている使用人などが、この屋敷を管理している。身元もはっきりしていて、絶対に情報を他に漏らさないと信頼できる人しかいない」

「なるほど……」

ディンケル辺境伯家にとって、この別荘は本当に大事で、隠しておかないといけない場所なのだろう。

そんな大事な場所に私が案内されるのは、なんだか信頼されている感じがして嬉しい。

まあ私は光魔法の治癒のためだけに呼ばれたから、使用人達のような絶対的な信頼とは違うと思うけど。

その後、しばらく待っているとメイドに呼ばれた。

案内された場所は、一際大きな扉の部屋。

ゆっくりと開かれ中に入ると、そこは必要最低限の家具しかない。家具はそこまで豪華でもなく、インテリアとしてあるだけという感じだ。

ただ一つ、とても大きくて豪華なベッド。

そこに一人の女性が眠っていた。

とてもきれいな女性だけど、少しだけ頬がこけている。

髪は青色で艶がある、おそらくメイドが毎日手入れをしているのだろう。

二年間も眠っているとは思えないほど美しい、今にも起き出しそうな雰囲気もある。

魔力操作が上手いと老いにくいのだが、ずっと魔毒と戦い続けているので、おそらく見た目も保てているのだろう。

ただ普通に眠っているのと違うのは、首から頰にかけて肌が紫色に変色していることだ。

魔毒によって徐々に壊死していってるのだろう。

よく見ると胸元も変色しているし、全身に広がっているようだ。

クロヴィス様の予想では、これが脳または心臓まで達すると……死に至るとのことだ。

この人が、アイル・エス・ディンケル辺境伯夫人。

ジークがベッドの側の椅子に座り、優しい笑みをしながら喋りかける。

「母上、お久しぶりです、ジークです。最近はすっかり暖かくなり、庭に新しい花が咲き始めました。今度、摘んで持ってきますね」

優しい声色、だけどどこか苦しそうでもある。

私もジークの隣の椅子に座り、挨拶をする。

「アイル・エス・ディンケル辺境伯夫人、お初にお目にかかります。ルアーナと申します。これから、アイル夫人に治癒魔法をかけさせていただく者です」

そうやって挨拶をしても、もちろん返答はない。

ずっと眠っていて、聞こえているのかもわからない。

だけど挨拶は大事だろう。

「ジーク、もうやってもいい？」

「……ああ、頼む」

ジークが少し離れて、私はアィル夫人に両手をかざす。

治癒魔法はまだほとんど完成していない。

光魔法が治癒魔法にもなると知ってから数日しか経ってないから、さすがに完成させるのは難しい。

一応練習してみたけど、ほとんどぶっつけ本番に近い。

よし、まずはやってみよう。

魔力を込めて、光魔法を放つ。

『光治癒』

私の両手からいつもよりも優しく、オレンジのような暖色系の光が放たれた。

とても優しい光で、治癒魔法と言われるに相応しい光だ。

ただ……すごい、疲れる！

練習した時もそうだったけど、魔力が一気に持っていかれてすぐに魔法が途切れる。

「はぁ、はぁ……！」

「ルアーナ、大丈夫か⁉」

数秒で魔法を止めて息を荒(あら)くした私に、ジークが心配してくれる。

私はジークに笑みを浮(う)かべながら話す。

「大丈夫よ。わかっていたけど、治癒魔法は体力と魔力が持っていかれるわ」

「治癒魔法は魔法系統の中でも珍(めずら)しく、魔力操作が難しいと言われているらしい。あまり無理をするなよ」

「ええ、ありがとう。アイル夫人は……」

魔法に集中して見てなかったが、アイル夫人の容態は……何も変わっていなかった。

眠ったまま、何も変わっていない。

「……もう一度やってみるわ」

「っ、ルアーナ、大丈夫か？」

「ええ、本当に大丈夫」

私はもう一度両手をかざし、『光治癒(キュアラ)』を使う。

さっきよりも集中して、全力で。

暖かな光はさらに強くなり、三十秒ほど魔法を放ち続けた。

そして限界を迎(むか)え、私は力が抜(ぬ)けて椅子から崩(くず)れ落ちそうになる。

「ルアーナ！」

ジークが支えてくれたお陰で、倒れることはなかった。

危ない、今のままだったら頭から落ちそうだった……！

「ありがとう、ジー……」

顔を上げてお礼を言おうとしたら、ジークの顔がとても近くにあった。

抱きかかえられている状態だから、顔が近いのは当然といえば当然なんだけど。

ビックリして思わず言葉が止まってしまい、ジークも黙っているから沈黙が流れる。

こうして見ると、ジークって本当に顔が良いわね。

クロヴィス様と顔立ちが似ていてクールな感じがあるんだけど、目元だけは少しクロヴィス様よりも優しい感じがする。

私と同じ十六歳だけど、顔立ちが整いすぎているから年上に見えることもある。

だけど笑顔は意外と可愛らしくて、その時は年相応だ。

これだけ近いと、数日前のあれをまた思い出してしまう。

ジークも思い出したのか、頬が赤くなっている。

「っ、も、もう大丈夫だろう？」

「そ、そうね。ありがとう」

ジークが顔を逸らしながらそう言ったので、私も恥ずかしくなりながらも座り直す。

まさかここまで力が抜けるとは思わなかった、次は気を付けないと。

そしてアイル夫人を確認すると……やはり何も変わっていなかった。

「ごめん、ジーク」

「……何がだ？」

まだ頬が赤いジークだが、私は言葉を続ける。

「アイル夫人を治すのは、やっぱり今の私じゃ無理みたい」

「……ああ、いや、大丈夫だ。俺も父上も、すぐには無理だと思っていた」

治癒魔法を人に使うのは初めてで、さすがに一発で治せるとは思っていなかった。

いつかもっと上手くなったら完治できるかもしれない、という感じだ。

だけどここまで効果がわからないとは、見えないとは思わなかった。

もしかしたら、無理……いや、まだ初日！

これからもっと頑張るしかない！

ディンケル辺境伯家には、とても恩がある。

諦めるわけにはいかないわね。

「ジーク、これから私、頑張るから。絶対にあなたのお母様を、目覚めさせるから」

「……ああ、頼む」

その後、私達は別荘を出て本邸へと戻った。

別荘と本邸は馬車で一時間ほどで、意外と近い。

いつも通り夕食を食べる時に、クロヴィス様だけ少し遅れていた。

辺境伯なので仕事も忙しく、遅れることは時々あるし、一緒に食べない時も多い。

今日は私とジークが食べている時に食堂に入ってきて、席に着いた。

そして……。

「朗報だ。別荘のメイドから、魔毒に侵されている肌の変色した部分が、確実に減っているとのことだ」

「っ！　父上、本当ですか⁉」

クロヴィス様が今までにないほど明るい口調で放った言葉に、ジークが即時に反応した。

「ああ、メイド達に何度も確認させた。爪の先まで変色していたが、人差し指の爪が確実に元に戻っていると」

「っ……！」

爪の先、布団の中に腕があったから、爪なんて見ていなかった。

あれだけ全力でやって、それしか回復しなかったのね。

だけどクロヴィス様の話では、今まで変色した肌が元に戻ったことすらなかったらしい。

つまり、これでわかった。

私なら、治せる。

「ルアーナ、まだ先は長いが……」

「はい、クロヴィス様。私が絶対に、アイル夫人を治します」

「……ああ、頼む」

ジークと全く同じように言って頭を下げたクロヴィス様。

ディンケル辺境伯に恩を返す。

どれだけの日数をかけても、絶対に治してやるわ。


――一週間後。

私はいつも通り、戦場で戦っていた。

いつもと少し違うのは、ずっと壁上で光魔法を放っていたがここ一週間は下に降りて前衛で魔法を放っていることだ。

光魔法を訓練して、壁上で放ってもほとんどの魔物に光を当てられるくらいまでになった。

だけどこの一週間は兵士の方々からは止められたのだが、理由があるので前衛で魔法を放っている。

ジークだけは、その理由を把握しているけど。

今日の魔物襲撃は特に何事もなく終わった。

「聖女様、お疲れ様です！」

「お疲れ様です」

事後処理も終わり、帰ろうとして砦の中を歩いていると一人の兵士に話しかけられる。

「本日もありがとうございました。聖女様はこの後、お暇ですか？　この後、数人で食事に行くのですが、よければ一緒に行きませんか？　女性の魔導士もいますよ」

兵士の後ろを見ると、一緒に食事に行くであろうメンバーが何人かいた。

私の身長がまだ低かった頃、お菓子をくれた女性の魔導士もいる。

とても嬉しいお誘いだけど……。

「すみません、この後は予定があるので行けません」

「あっ、そうですか。それなら、また次の機会に……」

「ルアーナ」

後ろからジークの声が聞こえて振り返る。

「ジーク、今日も一緒に行くの？」

「当たり前だろ。早く行くぞ」

「うん、わかってる。すみません、行きますね」

「あ、はい、お疲れ様です……」

兵士の方に一礼して、ジークの方に行って並んで歩き始める。

なぜかジークが兵士の方を睨んでいるようだけど、気のせいかな？

「――やっぱり、ダメでした……」

「だろうな。むしろジークハルト様がいるのに、よく言ったと思うが」

「お菓子で喜んでいた聖女様が、ジークハルト様とこの後はデートかしら？　大人になった気がするわね」

兵士の方々が残って何か会話をしているようだが、私には聞こえなかった。

「ジーク、毎回言ってるけど、私一人だけでいいのよ？」

「毎回言ってるが、別に邪魔してないからいいだろ」

「邪魔じゃないけど、ジークはやることなくて暇じゃない？」

「本を読むくらいはしてるぞ」

ジークとそんな会話をしながら馬車に乗って、向かう先は辺境伯家の別荘。

最近は戦場での戦いが終わったら、毎日別荘に行っている。

もちろん理由は、アイル夫人に治癒魔法をかけるためだ。

これから私はアイル夫人が目を覚ますまで、できるだけ毎日治癒魔法をかけることに決めた。

だからこうして別荘まで足を運んで、治癒魔法をかけているのだが、ジークも毎回来るようになった。

ジークは優しいから、私に付き合ってくれているのだろう。

別荘に着くとすぐにアイル夫人が眠っている部屋まで行き、治癒魔法をかけていく。

「『光治癒』」

くっ、少し慣れたけど、やはり体力がすごい持っていかれる……！

私が戦場で砦の壁上からじゃなく、前衛で光魔法を打ち始めたのは、治癒魔法をかけるための魔力の温存が理由だ。

多少の温存をしても、治癒魔法は数十秒も放っていればすぐに魔力を消費していく。

「はぁ、はぁ……」

「休憩しながらやれよ、ルアーナ。お前が倒れたら元も子もないからな」

「わかってるわ……」

一度落ち着いて、側にあった紅茶を一口……あっ、美味しい。

この紅茶の味、ジークがいつの間にか淹れてくれたのね。

「ジーク、ありがとう」

「……ん」

彼は適当に返事をして、私の近くの椅子に座って本を読み続ける。

だけど耳が少し赤いのが見えたので、私は少し頬を緩めた。

私は魔力の回復が人よりも早いようなので、数十分も休めばまた治癒魔法をかけられるようになる。

だけど疲れて徐々にその治癒魔法をかける時間は短くなるので、もっと頑張らないと。

一週間、アイル夫人に治癒魔法をかけ続けたが、指の一本だけ変色がなくなった程度だ。

もちろん回復には向かっているので、クロヴィス様や使用人の方々は喜んでくれたのだが……。

私が治すよりも先に魔毒がアイル夫人の心臓か脳に到達したら、全てが無駄になってしまうのだ。

だからもっと治癒魔法の精度を上げて、かける時間を増やしたい。

その後も、魔力が回復する度に治癒魔法をかけ直していく。

「ルアーナ、もう帰るぞ。今日は終わりだ」

「……ええ、わかった。じゃあ最後に一回、『光治癒』」

今ある力を最後に振り絞って、一気に力を失う。

はぁ、今日も疲れたわ……。

「お前、それで立てるのか？」

「……すぐには立てないけど」

私の言葉にジークがため息をついて、近づいてくる。

ジークが何をするのかわかったので少したじろぐ。

「そ、その、五分も休めば立てるようになるから、先に行ってて……！」

「めんどい、行くぞ」

「きゃ！」

私の言葉を聞かず、ジークは私を持ち上げた。

しかも又横抱き、その、お姫様抱っこという体勢だ。

「な、なんで私の言うことを聞かないの、ジークは……！」

「腹減ったからな、早く本邸に戻って夕飯を食うぞ。お前も早く食いたいだろ？」

「べ、別に、お腹なんて……」

強がって何か言おうとしたら、私のお腹から「ぐぅ～」という音が鳴った。

「……」

「よし行くぞ、腹ペコ聖女様」

「だ、誰が腹ペコ聖女よ！」

私の言葉を聞かず、ジークはそのまま別荘の中を歩いて外にある馬車へと向かう。

使用人達にこの姿を見られて、私は毎回恥ずかしい……。

すれ違いざまに目が合ったら「あらあら」といった微笑ましい視線を向けられるので、
私はジークの首に手を回して、彼の胸の中に埋めるように視線を落とす。

「……おい、別に首に回さなくても落とさないから、離せよ」

「やだ、別に首を絞めているわけじゃないからいいでしょ」

私は拒否して、より一層強くジークの首に抱き着いた。

ジークの顔も見えないのでどんな表情をしているかわからないが、その後は何も言わずに黙って歩いた。

「あら、あらあら」

この声は、別荘のメイドさんの中で一番古株の人だ。

「ジークハルト様、ルアーナ様。お帰りですか？」

「ああ、そうだ」

「ふふっ、そうですか。しかし、若いというのはいいですね。お二人とも愛らしいです」

「……」

うっ、また揶揄われてる……だけど、二人とも？

こんな体勢で運ばれている私を揶揄っているのかと思ったけど、ジークもなぜか揶揄われているようだ。

「ジークハルト様、階段などもあるのでお気をつけて」

「ああ、それは大丈夫だ」

少し立ち止まって話したが、ジークはすぐに歩き始めた。

その後は誰とも会わずに、別荘前に止めてある馬車に乗った。

「あ、ありがとう、ジーク」

別に運んでくれと頼んではないけど、一応お礼を言っておく。

「……ああ」

視線を逸らして返事をするジークは、なぜか耳が赤かった。


本邸に戻って、部屋着に着替えてから食堂で夕飯を食べる。

今日はジークと、クロヴィス様も一緒だ。

そして一つ、クロヴィス様に相談したいことがあった。

「クロヴィス様、アイル夫人の治療に関して、一つ提案があるのですが」

「ふむ、なんだ？」

クロヴィス様は食事の手を止めて私と視線を合わせてくれた。

「私の治癒魔法は未熟で、長い時間ずっとかけ続けることはできません。数十秒魔法を放つと、三十分以上の休みが必要です」

「知っている。だがそれでもルアーナの治癒魔法だけが、アイルの魔毒を取り除く唯一の手段だ」

「はい。時間はかかりますが、アイル様のそばにいる時間を増やせば、アイル夫人に魔法をかける時間が増やせると思います」

「ふむ、それで？」

「だから今後、私は別荘で寝泊まりをした方がそれだけ回復は早くなると思います」

この一週間、別荘に行って本邸に帰ってきて夕飯を食べる、という生活をしてきた。

だから別荘にいる時間があまりなく、アイル夫人に治癒魔法をかける時間も少ない。

それなら別荘に寝泊まりをすればいいと思って、提案したのだ。

「……なるほど」

クロヴィス様は納得してくれたようで、一つ頷いた。

「提案はわかった。だがルアーナ、本当にいいのか？」

「いいのか、というのは？」

「無理をしすぎているのではないか。そこまでするなら、戦場に行かなくてもいいように手配するが」

「いえ、それも大丈夫です。私の力があれば、怪我人も最小限で済むと思いますので」

それに私が急に戦場からいなくなれば、兵士の方々が不審に思うはず。

私が辺境伯家の屋敷で暮らしていることは知られているから、兵士達が辺境伯家に不信感を抱く可能性がある。戦場には行き続けなければいけない。

「ルアーナ、体力は大丈夫なのか？　自分は大丈夫だって言って、戦場で倒れられちゃ世話ないぞ」

黙って食べていたジークも話に入ってくる。

「大丈夫よ、どれだけ魔力を消費しても、朝には回復しているから。戦場で倒れることはないわ」

「……それならいいが」

ジークは納得してなさそうに言ったけど、私が倒れると思ってるのかな？

心配してくれるのは嬉しいけど、大丈夫だろう。

「本当に無理をしてないか、ルアーナ」

「はい、そこまで無理しているわけじゃないので。それに私にできることは、全部やりきりたいですから」

「……そうか。別荘には何部屋も空きがある。そこにお前の部屋を手配しよう」

「ありがとうございます、クロヴィス様」

「礼を言うのはこちらだ、ルアーナ。そこまでアイルに全力を尽くしてくれて、感謝する」

「いえ、私がやりたいだけですから」

クロヴィス様にこの提案をした次の日から、私は別荘で暮らし始めた。

別荘で暮らし始めた、初日の朝。

いつも通りメイドに朝の支度を手伝ってもらうけれど、本邸のメイドではなく別荘にいるメイドに手伝ってもらう。

昨日、私がジークに抱えて運んでもらっていた時にすれ違ったメイドだ。

「ルアーナ様、朝食の準備もできています」

「はい、ありがとうございます」

何十年も辺境伯家に仕えているから、とても手際がいい。

食堂に行くとすでに朝食がテーブルに用意してあるので、私は席に着いて食べ始める。

「いただきます……」

……寂しいわね。

いつもは朝食でも夕食でも、ジークが一緒に食べてくれていた。

家族で食卓を囲むというのにずっと憧れていたからこそ、久しぶりに一人で食べると寂しさがある。

だけどメイドが側にいるから、伯爵家で一人で食べていた頃とは全然違うけど。

「御馳走様でした」

美味しかったけど……なんだか少し味気なかったような気もした。

そして数時間後、私は戦場で聖女として戦っていた。

いつもと少し違うのは、なぜかジークがずっと私の隣にいる。

「ジーク、なんで私についてるの？」

「お前が無理をしないように見張っているだけだ」

「だから別に、無理なんてしてないから」

「だがお前、さっき魔物に襲われかけただろう」

「うっ……」

そう、ちょっとだけミスをしてしまった。

私は前線でギリギリまで多くの魔物を引き付けてから魔法を放つようにしている。

今回もそうしたのだが、光魔法を放った直後に横から魔物が襲って来たのだ。

私の光魔法は両手から放たれるので、前方にしか光が放てない。

光魔法の範囲外に魔物がいたようで、横から襲われかけた。

少し焦ったが避けられる、と思っていたのだけど、私が避ける前にジークがその魔物を一瞬で倒してくれた。

ジークがいなかったら一度光魔法を放つのを止めて、襲ってきた魔物を倒さないといけなかったから、少し面倒なことになっていたはずだ。

それは助かったけど……。

「別にあれは無理したせいじゃないでしょ……」

「だが今までのお前だったらあんなミスはしていないからな。どこかで集中が途切れている証拠だ」

「うっ……」

確かに今までに一回もないミスだ。

身体の疲れは溜まってないと思うんだけど……。

「お前はいろんなことを全部自分でやろうとしすぎだ。それじゃ体力とかの前に、精神的に消耗するぞ」

「大丈夫だとは思ってたけど……」

もうすでにやらかしているので、何も言えない。

「とにかく、これから戦場では俺はお前の隣で見張っているからな」

見張っている、と言うが、これはジークの照れ隠しの言葉で……。

普通に守ってくれるのだろう。

だけどジークほどの手練れが私をずっと守っていてもいいの？

ジークならもっと前線に出て戦えば、戦場で活躍できるのに。

「本当に私の隣にずっといるの？　前には出ないの？」

「ああ、すでに父上からも、精鋭部隊からも許可をもらった」

「えっ、そうなの？」

「ああ」

私は驚いて振り向いて精鋭部隊の方々を見る。

話を聞いていたようで、全員頷いている。

「そうですよ、聖女様。もともと聖女様ほどの方に護衛が一人もいないことは、少し気になっていました」

「聖女様が強いのはわかっていますが、万が一があったらと思うと……」

「ジークハルト様が護衛になるのであれば安心ですね。我々の中で一番強いお方ですから」

精鋭部隊の方々からそんなことを言われる。

もう外堀は埋められているようだ。

「私が知らないところで、すでに決められているみたいね」

「そうだ、お前に拒否権はない」

「そう……ありがとう、ジーク」

ジークは憎まれ口を叩いているけど、私を心配して守ってくれるというのはわかる。

私のお礼に驚いたのか目を軽く見開くが、すぐに視線を逸らした。

「……別に、お礼を言われることじゃない。お前に無理をして倒れられたら、困るのはこっちだからな」

「ふふっ、そうね」

いつも視線を逸らすけど、耳が赤いから照れ隠しなのは丸わかりなのよね。

可愛いから言わないけど。

その後、戦場での私の仕事は終わって、別荘に戻る。

今回も一緒にジークが来てくれたけど、私がアイル夫人に治癒魔法を放っている間は部屋にいなかった。

別荘に何か用事でもあったのかな？

少し気になったけど、私はアイル夫人に治癒魔法をかけて、疲れたら休んでを繰り返す。

少しずつ魔毒はなくなっていて、指の二本からは完全に消えているように見える。

一週間以上かけてこれだから、全身の魔毒を消すのにはどれくらいかかるのだろうか。

何ヵ月かかっても絶対に治すつもりだけど。

数時間が経って、何度目かの治癒魔法を終えた時にお腹が鳴った。

もうそんな時間になっていたのね。

「ルアーナ様、そろそろ御夕食の時間です。いつでも食事できるように、すでに準備しております」

「あ、ありがとうございます。ではお願いします」

ずっと部屋に控えていたメイドにはお腹の音が聞こえていたようで、少し恥ずかしい。

音が聞こえていなかったかのように振る舞ってくれるのはありがたい。

「はい、かしこまりました。ジークハルト様もお呼びしますね」

「えっ？　ジークも？」

なんでジークも別荘で夕食を？

というか、いつもなら本邸に帰っている時間のはずだ。

不思議に思いながらも食堂に向かうと、すでにジークが席に座っていた。

本邸と同じように、私の前の席に座っているジーク。

「ジーク、なんでまだこっちにいるの？　それに一緒に夕食を食べるの？」

私が席に座りながら問いかけると、ジークは「ああ」と言ってから答える。

「俺も別荘に住むことにしたからな」

「……えっ？」

ジークも、こっちに住むの？

「な、なんで？」

「……ルアーナが、誰かと食べるのが好きって言ってたんだろ」

その言葉に私は目を見開いて驚く。

確かに私は誰かと一緒に食べる、というか家族と一緒に食べるのが好きだ。

クロヴィス様やジークと一緒に食べると、いつもよりも美味しくて幸せを感じる。

つまりジークが別荘に住むことを決めた理由って……。

「わ、私と一緒に食事をするため？」

「っ……」

照れ隠しで視線を逸らしているジークだが、今は耳だけじゃなく顔全体が赤くなっているのが見える。

その反応を見て、やっぱり私のためなんだとわかった。

とても嬉しいんだけど……わ、私もなんだか顔が熱くなってくる。

「ほ、本当に？」

「……ああ」

ジークの優しさはわかりにくく、隠そうとすることが多いんだけど……今回はド直球な優しさで、嬉しいけど恥ずかしくなってくる。

お互いに少しだけ黙って、気まずい雰囲気が流れる。

「だ、だいたいだな……」

この空気に耐えられなかったのか、ジークが声を上げる。

「お前が誰かと食べるのが好きって言ったのに、別荘に一人で住んで食べようとするから、俺も来ないといけなくなったんだろうが」

「べ、別に頼んでないけど……」

「……でもどうせ、今日の朝も一人で食ってて寂しいとか思ってただろ？」

「うっ……」

それは本当に思っていたから、何も言えない……。

「ほらな」

したり顔でそう言われたから、少しイラッとする。

「ジ、ジークだって一人で食べてて寂しいって思ったから、こっちに来たんじゃないの？」

「お前と一緒にするなよ、俺は一人で食ってても別に何とも思わないからな」

「じゃあなんでこっちに……あ、いや、なんでもない」

「……ああ」

またジークに「私のため」と言わせようとしている感じがして、恥ずかしくなってやめた。

ジークもそれがわかったようで、少し気まずそうだ。

ジークが来てくれたのはとても嬉しいけど、迷惑じゃないのかな。

「本当にいいの？　戦場に行くなら本邸からの方が近いし、そんな無理して私に合わせなくてもいいけど」

「無理してないから大丈夫だ、というかルアーナの方が無理をしてるだろ。戦場に行きながらずっと母上に治癒魔法をかけるために別荘に住むって」

「それは私の仕事だし、私がやりたいことだったから」

「それを言うなら、ルアーナのためにこっちに住むのが、俺のやりたいことだ」

「っ……」

「母上を助けるためにルアーナがそこまでしてくれたんだ。別荘に一緒に住んで一緒に食事を取るくらいは、するに決まってるだろ」

まさかジークがそんなことを思ってくれているとは……。

本当に、とても嬉しい。

胸に熱いものが込み上げてきて、油断したら涙が零れてしまうくらいに。

私は必死にそれをこらえて、ジークにお礼を言った。

「ジーク……ありがとう」

「……おう」

視線を逸らしながら返事をしたジークに、私は頬が緩んだ。

そして私とジークは、一緒に夕飯を食べた。

特に何か会話をすることはなく、ほとんど喋らずに食事をした。

それでも、今日の朝よりも美味しくて、幸せを感じた。

その一週間後、クロヴィス様も別荘に住むようになった。

私のために執務室を移してくれたようで、本当に嬉しかった。

家族として、接してくれているように感じた。

この二人に、ディンケル辺境伯家に恩を返すために……絶対に、アイル夫人を治すわ。

# 第3章 ※ 家族に

ルアーナが母上の治療を始めてから、半年ほどが経った。

その間に、俺は十七歳になった。

母上が倒れて眠りについてから、約三年が経ったということか。

三年前のあの日、俺は油断していた。

もう戦いは終わった、あとは事後処理だけ。

夕食のことを考えながら魔物の死体を引きずろうとした時、そいつがビクッと動いた。

気づいた時には熊のような魔物が立ち上がり、俺に鋭い爪を振り下ろしていた。

死んだ、と思った。

魔物の動きが遅く見えて、俺の動きも遅い。

しかしその遅い世界の中で、母上だけが少しだけ速かった。

俺の前に立ち、代わりに爪を身体で受け止めた。

鮮血が舞い、母上が倒れていく。最後の力を振り絞って、風魔法で熊の魔物を切り刻んでから、地に伏した。

倒れこんだ母上を見た時から後のことは、何も覚えていない。

気づいたら屋敷に戻っていて、父上に頭を撫でられていた。

『お前のせいじゃない。あの魔物は他の兵士が仕留め損なったやつだ』

『アイルじゃなければ魔毒はあそこで止められない。アイルがお前を守ったのは正解だった』

そんな慰めの言葉が聞こえたが、父上の手も震えていた。

父上も俺のせいじゃない、息子のせいじゃないと言い聞かせていたのだろう。

ただやはり俺は、自分の油断のせいだと悔やんだ。

確かに俺があの攻撃を受けていたら、致命傷は治ったとしても魔毒で死んでいただろう。

母上だからこそ、三年も生きてこられた。

だけど俺が油断して魔物にやられそうにならなければ、母上も致命傷を負わずに魔毒にもやられなかった。

ずっと後悔していた。

だから半年前、ルアーナが母上の魔毒を治せることがわかり……奇跡だと思った。

これで母上を治せる、母上に……謝り、お礼を言える。

しかし奇跡はやはり、簡単には起きない。

いや、別の奇跡はすでに起こっていた。

ルアーナがこの家に来たことだ。

でもそこから先は、母上を治すためには努力をするしかない。

この半年間、ルアーナはほぼ毎日、母上に治癒魔法をかけている。

しっかりと戦場にも立ち、戦いを終えてから別荘に帰るという暮らしだ。

俺もルアーナと共に別荘で暮らし始めたら、あいつは驚いていたな。

……まあ、ものすごく嬉しそうにしていたから、よかった。

しばらくすると、父上も別荘で暮らし始めた。

父上は本邸で仕事をした方が絶対に効率がいいのに、まさか別荘に来るとは思わなかった。

俺が『無理する必要はないですよ、父上』と別荘の執務室で話すと……。

『ルアーナがあれほど頑張ってくれているのだ。仕事場を移すくらいの無理はするべきだろう』

『……はい、そうですね』

『それともなんだ？　ルアーナと二人きりで暮らしたかったのか？』

『っ！　そ、そんなわけないですから！』

ニヤッと笑って揶揄われたのは、ちょっと腹が立ったが……。

あと最近になって、父上はルアーナを軟禁していたアルタミラ伯爵家の調査をだいたい終えたようだ。

伯爵家で貴族の中では上位にいるが、最近は事業の業績が悪いらしい。

『さらに追い討ちをかけてやる。事業に大ダメージを与える情報を流し、さらには資金源を止めてやろう』

俺を揶揄った時よりも、とても悪い笑みを浮かべた父上。

『どうやるのですか？』

『まずは我が辺境伯家が流通させている魔石を、アルタミラ伯爵家が関わっている魔道具の製作事業にいかせないようにする。それだけでかなりのダメージなはずだ』

『確かに、魔石は魔道具を作るには必須ですからね。それらの事業ができなくなるのは、かなり大きいと思います』

ディンケル辺境伯家は魔物を倒し続けているので、魔石の産出は帝国で一番だ。

だからそれをアルタミラ伯爵家に流さないようにしたら、大ダメージなのは間違いない。

『ああ、そうだ。それと情報を流すと言っても、私は事実を言うだけだ。それはアルタミラ伯爵家の娘が、婚約中なのに浮気をしているということだ』

『ほう、それはいいことですね、父上。悪事を暴くのは、とてもいいことです』

『ああ、そうだろ？』

俺と父上はそう言って笑い合った。

ここまでアルタミラ伯爵家を追い詰めようとするのは、もちろん俺達が伯爵家に怒っているからだ。

『ルアーナを五年間も屋根裏部屋に閉じ込め、人間扱いをしていなかったのだ。報いを受けるのは当然だろう』

『はい、俺も直接殴りたいくらいです』

『ふっ、ジークも言うようになったものだ』

父上はそう言って、俺を揶揄うような笑みを浮かべていた。


俺達が別荘で暮らし始めて半年。

魔毒によって変色していた肌の色は、完全に元に戻った。

ルアーナは毎日やり続けていたので、かなり治癒魔法も上達していた。

約二週間前に肌の色は完全に戻ったが、まだ母上は目覚めない。

おそらく身体の中にまだ魔毒が残っているからだろう、とルアーナが今もなお治癒魔法をかけ続けている。

今俺は、庭で花を摘んでいる。

別荘に来てからもう半年も経ったので、庭の花の種類もだいぶ変わっている。

母上は花が好きだった。特にこの別荘の庭の花が。

よく一緒にここでお茶をしながら話したことを覚えている。

ずっと部屋で寝たきりの母上に、俺は花を摘んで持っていく。

母上は……もう、いつ起きてもおかしくはない。

ルアーナには本当に感謝しかないが、起きるのが間近と思うと……俺は少し怖くなってきた。

母上が三年間も眠りっぱなしになったのは、俺のせいだ。

俺のことを、恨んではいないだろうか。

起きてきた母上に、俺は何て言えばいいんだろうか。

助けてくれたお礼を言う？

それとも、油断をしてすみませんでした、と謝る？

わからない、何を話せばいいのか。

早く目覚めてほしいと思っていたし、今もその気持ちは全く変わらない。

だけど……怖気づいている自分が、情けない。

俺はそんなことを考えながら、母上が眠っている部屋の扉を開ける。

いつも通り、綺麗な花を花瓶にでも生けようと思って。

しかし、部屋に入った瞬間に……持っていた花を落としてしまった。

ベッドの上を見ると、上体を起こした人の姿が目に入った。

そこに眠って いる人は三年間、一度も上体を起こしたことがない。

周りには誰もいない、つまり自身の力で、意思で起き上がったということ。

ベッドの上にいる人物と、視線が合う。

優しい瞳……よく俺は父上に顔が似ていると言われるが、目は母上に似ていると、言われてきた。

その瞳を、三年間見ていなかった、見られなかった。

「……ジーク？」

聞き覚えしかない、女性の声。

その声を聞いた瞬間、胸の内に込み上げるものがあった。

「はは、うえ……！」

震える声で、呼んだ。

本当に母上が、起きている。目を開けて、俺を見ている。

「ジークちゃん、大きくなったわね」

優しい笑みを浮かべながら、母上はそう言った。

夢にまで見た、母上の笑顔。

夢じゃない、現実だ。

「ジークちゃん、近くに来て？」

三年前と全く変わらない感じで、俺の名を呼ぶ母上。

俺は足が震えるのを抑えながら、一歩一歩、母上がいるベッドに近づく。

側に行き、ベッドの縁に腰をかける。

「本当に大きくなったわね、ジークちゃん。もう私よりも身長が高いみたい」

「……三年、経ちましたから」

「前は私よりも少し身長が低かったのに、成長期ね」

ああ、母上だ。

優しい笑み、声色、眼差し、何も変わらない。

母上の顔が、どんどんとぼやけて、見えなくなっていく。

「ジークちゃん、どうしたの？　涙なんか流して」

「母上……！」

母上が起きているなんて思っていなかったから、台詞なんて何も考えていなかった。

だけど今、咄嗟に出た言葉は……。

「おかえりなさい、母上……！」

自分でも想像以上に情けなく、震えた声。

だけど笑みを浮かべて、母上にそう言った。

「うん、ただいま、ジーク」

母上は、満面の笑みを咲かせた。

アイル夫人に治癒魔法をかけ続けて、半年が経った。

ジークが庭にいて、使用人達もいない時に、私は治癒魔法をかけていた。

するとアイル夫人が身じろぎした。

これまでも身じろぎしたことはあったが、今はとても大きく動いて……目を、開けた。

「んっ……」

「あっ……！」

アイル夫人はぱちぱちと瞬きをして、上体をゆっくりと起こしてから、私と視線を合わせて首を傾げる。

「……誰、かしら？」

「えっと……！」

アイル夫人は三年ぶりに目を覚ましたというのに、目の前には全く見知らぬ私。

私もいきなり目を覚ましたことに驚いて、あたふたしてしまう。

結果……なんだか、とても気まずい雰囲気が流れてしまった。

「あ、あのですね……！」

「ふふっ……落ち着いて話していいからね？」

「は、はい！」

三年ぶりに目覚めた人に気を遣わせてしまった……情けない。

私は自己紹介をして、アイル夫人が魔毒にやられて三年も眠っていたことを話した。

静かに聞いていたアイル夫人だが、さすがに三年も眠っていたことには驚いたようだ。

「私ったら、そんなに寝坊していたのね」

「ね、寝坊って言うんでしょうか？」

「長く眠りすぎたら、寝坊でしょう？」

「そ、そうですね」

とてもマイペースで、優しそうな笑みをする女性だ。

それと笑みが少し、ジークに似ている気もする。

あっ、そうだ、ジークや他の人達にも教えないと！

「私、他の人を呼んできます！　夫人が起きたことを伝えないと！」

「もう少しゆっくりしていってもいいのよ？」

「い、いいえ、ジークやクロヴィス様も、ずっと夫人が起きることを望んでいましたから」

「っ、そう……私も、会いたいわね」

アイル夫人はとても綺麗な笑みでそう言った。

私は「失礼します」と言って、部屋を出て急いで屋敷中を走り回る。

今、別荘にはクロヴィス様はいないけど、ジークはいるはずだ。

早くアイル夫人のことを伝えてあげないと……！

そう思って屋敷中を捜し回ったんだけど、全然姿が見えない！

なんで⁉ あいつ、どこにいるの⁉

「ルアーナ様、どうかしました？」

「あっ、メイドさん。ジークを見ませんでしたか？」

「ジークハルト様なら、アイル夫人のお部屋に摘んだ花を持って向かわれましたが」

「えっ⁉」

まさかのすれ違い⁉

私はお礼だけ言ってすぐに駆け出す。

駆け出した後に、メイドさんにもアイル夫人が起きたことを伝えればよかったと思った。

だけど今はジークだ、もしかしてもう部屋に行ったかな？

もう遅いかもしれないけど、とりあえず私も部屋に向かおう。

アイル夫人の部屋に戻ると、扉が開いていた。

私は閉めて出たから、誰かが入ったということだ。

それに普通だったら扉を閉めて入るから、驚いて開けっ放しにしてしまったのだろう。

やっぱり遅かったようね。

私は、入っていいのかな？　親子の感動の再会を邪魔してしまうかもしれない。

少し考えてから、私は恐る恐る部屋の中を覗く。

少し覗いて私が邪魔だったら、入らずにそっとしておこうと思ったんだけど……。

「ジークちゃん、ちゃんとご飯は食べてる？　好き嫌いが多いけど、私が寝ている間も残さず食べていたかしら？」

「は、母上、俺はもう十七歳ですよ。食事を残すことはもうありません」

「そう？　だけど好き嫌いはまだあるでしょ？　ほら、ピーマンが嫌いだったでしょ？いつも料理長に『自分の食事にはピーマンを少なくしてくれ』って頼んでたじゃない？」

「……よく覚えてますね、母上」

……なんだか、私が思ったような感動的な再会をしている雰囲気じゃなかった。

いや、もしかしたらそういうのが終わって、親子の会話をしている最中かも。

だけど親子すぎるというか、ジークの方が子どもすぎる心配をされてない？

ジークがアイル夫人に押されているが、彼のあんなたじろいでいる姿は見たことがない。

「あっ、ルアーナちゃん」

思った以上に私は身を乗り出して見てしまっていて、アイル夫人に気づかれてしまった。

「なんでそんなところにいるの？　ルアーナちゃん、入ってきていいわよ」

「あ、はい」

アイル夫人はベッドに座って笑みを浮かべている。

私はベッドの横の椅子に座って、ジークもベッドの縁から余っている椅子に座る。

「ルアーナちゃん、まだ言ってなかったわね」

「はい？　何をでしょう？」

「ありがとう」

「っ！」

アイル夫人がベッドに座ったまま、私に深く頭を下げた。

「あなたのお陰で、私は長い眠りから目を覚ますことができた。本当に、ありがとう」

「あ、いや、私は当たり前のことをしただけですから」

いきなりそんな真面目にお礼を言われるとは思わず、恐縮してしまう。

「当たり前のことじゃないだろ」

「えっ？」

隣にいるジークにすぐに否定されてしまった。

「半年間、ずっと母上のために治癒魔法をかけ続けてきた。戦場にも立って仕事をこなしてから、慣れない魔法をずっとかけ続けた。それを当たり前だなんて、思わない」

ジークは全く茶化さず、真剣な表情で私の目を見て言う。

「ルアーナのお陰で、母上は目を覚ますことができた。俺はこの恩を、永遠に忘れない」

「そ、そんな、別に……」

「ありがとう、ルアーナ」

ジークの言葉を聞いて、私の胸の内に込み上げるものがあった。

この半年間、心が折れかけたことが何度もあった。

どれだけやっても治癒魔法は上手くならないし、アイル夫人の身体が治っていく速度も遅い。

私が何とかしないと、という気持ちが強かった。

だから別荘に住むことを決めた。

ディンケル辺境伯家に来て、もらった恩を返したかったから。

でも一人でただ治癒魔法をかけ続けることは、辛かった。

魔法を一度かければ息切れするほど疲れて、それでも効果は微々たるもの。

何度、折れかけたかわからない。

それを、ジークやクロヴィス様が別荘に来て、支えてくれた。

私と一緒に食事をするためだけに、二人がこちらに来てくれて本当に嬉しかった。

ジークは私がアイル夫人に魔法をかけている時に、いつも隣にいてくれた。

見ていることしかできなくてすまない、と言われたことがあるけれど……隣にいてくれたことが、本当に支えになった。

「ルアーナちゃん、ありがとう」

「っ、アイル、夫人……」

ずっと眠っている姿を見ていた。

そんなアイル夫人が、目を覚まして笑顔でお礼を言ってくれた。

私も、涙が零れてきた。

感謝をしたいのは、こちらの方だ。

「こちら、こそ……無事に目を覚ましてくださって、ありがとうございます……！」

「うん。ルアーナちゃんの頑張りに、応えられてよかったわ」

アイル夫人が、目覚めて。

本当に、よかった。

夕食時には、クロヴィス様も仕事が終わって別荘に戻ってきた。

すでにアイル夫人が目覚めていると話を聞いていたのか、息を切らしながらアイル夫人の部屋まで走って来た。

「アイル……！」

「あなた……！」

二人は涙ながらに呼び合って、お互《たが》いに駆け寄って抱《だ》き合った。

愛し合う夫婦《ふうふ》の、とても感動的な再会ね……。

クロヴィス様は私と会う前から、ずっとアイル夫人のために治癒《ちゆ》魔法の使い手を探し回っていた。

それだけアイル夫人を愛していたということね。

「長い間眠っちゃって、ごめんなさい」

「いいんだ、君が無事ならそれで……！」

……それにしても、抱き合う時間が長くない？

部屋の真ん中で抱き合ってから、三分くらい経《た》っている気がする。

あっ、ようやく少し身体を離《はな》した。

そして見つめ合って、笑《え》みを浮かべて……えっ⁉

「はぁ……」

私の隣で、ジークがため息をついた。

ふ、二人が、キスをしてしまった。

そ、そうよね、二人は夫婦なんだから、キスくらいはするわよね。

いきなりだからビックリしちゃった。

……キスも長くない？

えっ、キスって唇に触れて、すぐに離れるものじゃないの？

「ルアーナ、部屋を出るぞ」

「えっ？」

「お前は知らなかっただろうが……父上と母上は、度を越えたラブラブな夫婦だ」

「そ、そうなんだ……」

ディンケル辺境伯夫妻がそれだけ仲が良いのも驚きだけど、ジークの口から「ラブラブ」なんて言葉が出てくるのもビックリね。

二人をチラッと見ると、さっきよりも強く抱きしめ合い、キスはより深くなり……って、これ以上は見ちゃいけないわね！

「で、出ましょうか、ジーク」

「ああ」

私とジークは部屋を出て、廊下を歩く。

歩いている際にメイドとすれ違った時に、ジークが指示を出していた。

「母上と父上、どちらかが部屋を出るか使用人を呼ぶまで、部屋に近づかないようにな」

「かしこまりました」

「……はぁ、なんで息子の俺がこんな指示を出さないといけないんだ」

ジークがため息をついて、愚痴のようにそう言った。


翌日、朝食には全員が集合した。

クロヴィス様とアイル夫人、それにジークも。

いつもと席の着き方が違う。

今は私の対面にアイル夫人が、その横にクロヴィス様。

私の横にはジークが座っている。

「ルアーナ、まだ私からお礼を言っていなかったな。君のお陰で、私の妻アイルが目覚めた。本当にこの恩は忘れない」

「あ、いえ！　私の方こそ、ディンケル辺境伯家に恩を返せて、とても嬉しく思います」

「ルアーナに与えたものなど、衣食住と給金だけ。この地で戦う者に対して、そのくらいするのは当たり前だ」

「辺境伯様の屋敷に住まわせてもらって、とても美味しい食事と有り余る給金を頂いていています。他の兵士とは待遇が違うかと思いますが」

「ルアーナと他の兵士が違うのは当たり前だ、実力と貢献度が違う」

それは否定できないけど……それでも、私は辺境伯家に大きな恩があると思っている。

「伯爵家で居場所がなかった私に、居場所をくれたディンケル辺境伯家にとても感謝しております。恩はまだ返せていないと思うほどに」

「ルアーナちゃん、どういうこと？　居場所がなかったって……」

「あっ、その……」

そうか、アイル夫人には私の境遇については、まだ話していなかった。

「アイル、私が後で話す。ルアーナも、アイルに伝えてもいいか？」

「はい、大丈夫です」

私が了承してから、食堂に沈黙が流れる。

なんだか私のせいで少しだけ気まずい雰囲気になってしまった。

「話を戻そう。ルアーナ、君も私達に感謝していることはわかったが、私達もそれ以上に感謝をしている。必ず恩は返す」

「……ありがとうございます」

「よし、食事を持ってきてくれ」

クロヴィス様がそう言うと、使用人達が次々に朝食を持ってきてくれる。

今日は料理長も気合いが入っていたのか、とても豪勢で美味しそうな料理ばかりだ。

だけどアイル夫人だけはさすがに病み上がりだからか、量は少なく消化に良さそうな物になっている。

「私は大丈夫なのに」

「アイル、君の身体は魔毒から復活したばかりで、どれくらい健康なのかはわからない。食事が好きなのはわかるが、もう少し我慢してくれ」

「はーい」

不満げなアイル夫人だったが、素直に食事を取り始める。

「あっ、ピーマンね。ジークちゃん、食べられる？　食べてあげようか？」

「母上、昨日も言いましたがもう俺は食べられます。あとちゃん付けも不要です」

「ほんと？　無理してない？　苦手なままでしょ？」

「……まあ美味しく食べているとは言えないですが、大丈夫です」

「そう？　ジークちゃんも大人になっちゃって。ルアーナちゃんは嫌いな食べ物はないの？」

「わ、私ですか？　特にはないですが」

「そうなのね、偉いわ」

「ジークもまだ野戦食は苦手なようだぞ」

「父上、別にそれは今言わなくても……」

「あら、そうなの？　だけど、あなたもまだ苦手じゃないの？」

「……アイル、それは内緒と言ったはずだが？」

「そうだったかしら？　三年前のことだから、忘れちゃってたわ」

「父上にも苦手なものがあるとは、驚きです」

いつも以上に会話が多く、騒がしい食卓。

だけどそれが不快なわけじゃなく、むしろ逆でとても幸せな空間だ。

クロヴィス様、アイル夫人、ジーク。

家族三人が久しぶりに集まっての食事、そんな中に私が交ざっていいのか少し不安になる。

だけど……私もこの幸せな空間にいさせてもらって、家族の幸せを分けてもらっている気がして。

「ルアーナ、どうだ？」

「えっ？」

隣にいるジークが問いかけてきた。

「報酬はどうだ？」

「っ……」

私が言った、アイル夫人を助けた時の報酬の話。

『アイル辺境伯夫人を治した後は、夫人もご一緒できれば嬉しいです』

しっかり覚えてくれていたのね、ジークは。

私は心の底からの笑みを浮かべて、答える。

「もちろん、これ以上なく幸せな報酬よ」

「……そうか」

ジークも嬉しそうに微笑んで、ご飯を一口食べた。

♥
♥
♥

母上が目覚めてから、一週間が経った。

体調はずっと安定していて、とても健康だ。三年も眠っていたとは思えないほどに。

医者に診せたところ全く問題ないとのことで、食事も俺達と同じように普通にできるようになった。

なので、今日は久しぶりに母上が前線まで来ていた。

もちろん戦うわけではなく、ただ母上が戦場の空気を思い出したいとのことだ。

『このままずっと屋敷にいたらなまっちゃうでしょ？　いつかまた戦場に出るんだしね』

俺としてはもう母上には戦場に立ってほしくないが……母上は復帰する気らしい。

常人だったら数日で死ぬ魔毒に三年間も耐え続けられるような魔導士だ。母上が戦場に出ればとても活躍するだろう。

止めることはできないし、俺にそんな資格もない。

俺ができることは……もう二度と、あんな過ちをしないことだ。

「母上、久しぶりの戦場はどうですか？」

「土の匂い、焼け焦げた草の匂い、遠くにいる魔物のキツい匂い……うん、久しぶりね」

「独特な思い出し方ですね」

母上は壁上で前線を見渡す。

笑みを浮かべているが、いつもの優しい笑みでなく、強者の余裕のある笑みだ。

「今日は戦っちゃダメですよ。まだ目覚めてから魔法の訓練もしてないんですから」

「わかってるわよ、ジークちゃん。今日は大人しく見学しておくわ。まったく、心配性なんだから」

ぶつくさと文句を言いながら、母上が一歩後ろに下がる。

母上は匂いで魔物が遠くにいると言っていたが、まだ肉眼では見えない。

ただよくわからないが、母上は匂いで魔物の襲撃を予測することができる。

おそらく本当にこれから来るのだろう。

「総員、戦闘準備！　魔物が来るぞ！」

「多分、今回は五十体は来るわね。本当に危なかったら出るからね、ジークちゃん」

「いえ、そうなることはありません。母上がいた時とは違い、今この戦場には聖女がいます」

　母上にそう言ってから数分後、やはり魔物の襲撃が来た。

　三年も戦場にいなかったのに、母上の勘は衰えていないようだ。

「まずは引き寄せろ！　聖女の魔法の範囲内に、できうる限り魔物を引き入れろ！」

　前線には大盾を持った兵士が多くいて、そいつらがまず耐える。

　数分もすればかなり混戦した状態になり、壁近くに多くの魔物が集まってくる。

「そろそろ、私の出番？」

「ああ、そうだ。頼んだ、ルアーナ」

　後ろに控えていたルアーナが壁上のギリギリに立ち、魔物に向かって魔法を放つ。

「『光明（ルーチエ）』」

　いつも通り強い光が放たれ、その瞬間から魔物の動きが止まる。

　俺や兵士達には見慣れた光景だが、母上は初めて見たので目を見開いていた。

「わぁ、すごい……本当に魔物の動きが止まってるし、消滅した魔物もいたわ。話には聞いてたけど、想像以上ね」

「母上が出るまでもないという理由もわかりましたか？」

「そうね、壁近くに魔物を引き寄せた時はビックリしたけど納得したわ。戦い方も変わるわよね、この力があれば」

「はい、ですが警戒心が強い魔物は近寄ってこないので、倒しに行く必要があります」

俺は剣を抜いて、壁上から降りようとする。

「ジークちゃん、見てるからね。頑張って」

「っ……はい」

母上の優しくも厳しい声援を受け、俺は飛び降りる。

この三年間、母上を守れなかったことをずっと後悔していた。

もう過ちを犯さないように、母上を守れるように戦い続けてきた。

しかし後悔の念は募っていくばかり。

その後悔の日々を断ち切ってくれたのが、ルアーナだ。

これから母上を守れるように……そして、ルアーナも守れるように。

今日の戦いは気合が入ってしまい、いつもは他の兵士に任せるところを全部俺が倒してしまった。

やりすぎた……俺もまだまだ子どもだな。

その後、事後処理も油断せずにやっていく。

魔物の死体を集めた後、火を付けるのを母上がやりたいと言い出した。

「試し打ちだし、大丈夫でしょ？」

「まあ、それなら構いませんが……慎重にやってくださいね」

危険性はないから任せたが、気合いを入れてやったのか五十体以上の魔物に一気に炎を放ち、一瞬にして消し炭にしてしまった。

普通だったら二、三体に火を付けて、徐々に燃え移っていくぐらいで十分なのだが。

「うん、満足！」

「……母上、慎重にと言ったはずですが？」

「えっ、これくらいは普通じゃない？」

そうだ、母上は戦闘においては常識というものをあまり知らない、というか自分基準でしか考えない人だった。

三年ぶりだから忘れていた。

まあ無理をしてないならよかったが……。

「あっ、鼻血出ちゃった。なんか頭もクラクラする……」

「無理してるじゃないですか！」

前言撤回、母上は本当に後先考えずに行動する人だ。

まあそのお陰で俺は命を救われているから、何も言えないんだが……。

「ごめんね、ジークちゃん」

「いえ、大丈夫です。だけどまずは戦場じゃなく、訓練場で魔法を試してください」

「はーい……」

その場にあった適当な岩に座らせて、軽く処置をする。

ただ鼻に布を詰めるだけだが。

「ジークちゃん」

「今度は何ですか?」

「ルアーナちゃん、すごい人気なのね」

「……そうですね」

事後処理が終わり、魔物がまた来るまではかなり時間が空くだろう。

その間に兵士達は次の準備をするのだが、ルアーナも一緒にやっている。

ルアーナの周りには人が集まり、騒がしく喋っていた。

離れた場所にいるので話し声は聞こえないが、兵士の男達がニヤついた顔で話しているのがイラつく。

ルアーナも愛想笑いをしながら相手をしているようだ。

「ルアーナちゃん、可愛いものね。それに実力も相当あるし、モテるのは当然よね」

「……」

「私、ジークちゃんとルアーナちゃんが恋人じゃないって聞いて、ビックリしたわよ」

この前、母上がルアーナに俺と恋人同士だという前提で質問をしていた。

そこでルアーナが俺と付き合っていないと言うと、母上はとても驚いていた。

『えっ⁉　恋人じゃない？　あ、婚約してるってこと？』

『違いますよ、私とジークはそんな関係じゃないです』

『そ、そうなの？』

『はい、いつも口喧嘩ばっかりしてるし……だけど私は、その……』

『っ！　なになに？　もしかして、ジークちゃんのこと……！』

『私は、その……友達、だと思ってます……』

『……あ、そう』

ルアーナが言い淀んだ時は俺も心臓が跳ねたが、続いた「友達」という言葉に冷めた。

だけどあいつの育った環境だと、それも仕方ないだろう。

友達どころか、母親を亡くしてからは家族もいなかったのだ。

自分への評価が低いのは、もうすでに母上もわかっている。

「ジークちゃん、ルアーナちゃんを捕まえるのはとっても難しいと思うけど、頑張ってね」

「……俺は別に、そんなこと考えてませんが」

「ほんと？　それなら他の人にルアーナちゃんを取られちゃうかもよ？」

「あいつを捕まえるのは難しいんじゃないんですか？」

「だけどいつかルアーナちゃんのことを本気で狙ってくる男性が、ジークちゃん以外に現れるかもよ？」

「……」

俺は何も言えず、黙り込んでしまう。

ルアーナに一番近い男は、ここにいる誰もが認めると思うが、俺だろう。

だがこれから、ルアーナに本気で近づこうとする男が現れるかもしれない。

そう考えると心がざわついて、無性に腹が立ってくる。

やはりもう、俺はルアーナのことを――。

「ふふっ、ジークちゃんはまだまだ子どもだから、私が先陣を切ってあげるわよ」

「はっ？　どういうことですか？」

「まずは私が、ルアーナちゃんを落とす！」

「……はっ？」

二度聞いても意味がわからなかったが、母上は楽しそうに笑みを浮かべていた。

「私が落とし終わったら、次はジークちゃんの番だからね」

「よくわかりませんが……」

何をするつもりなのだろうか……。

♥
♥
♥

最近、アイル夫人に付きまとわれている気がする。

いや、付きまとわれているは言い過ぎかもしれないけど、私とずっと一緒に行動をしようとしてくる。

アイル夫人が目覚めてから、私達はまた本邸で暮らし始めた。

朝起きて、いつも通りメイドさんに支度を手伝ってもらっていると、アイル夫人が私の部屋に入ってくる。

「おはよう、ルアーナちゃん！」

「お、おはようございます、アイル夫人」

朝からとても元気な人だ、本当に数週間前まで三年も眠っていた人とは思えない。

「やだわ、ルアーナちゃん。そんな可愛くない呼び方をしないで、気軽にお母さんって呼んでいいのよ？」

「いや、それは……」

「それが嫌なら、アイルちゃんとか、アイルたんでもいいのよ？」

「……アイルさんでお願いします」

この人は本当に、グイグイ来るのがすごい。

なんとなくそういう人なんだろうな、とは思っていたけど、まさかここまでとは。

「ルアーナちゃん、私が髪(かみ)を結(ゆ)ってあげようか？」

「えっ、そんな、悪いですよ」

「いいのよ。私には娘(むすめ)がいないから、娘ができたらやってあげたいと思ってたしね」

アイルさんはそう言ってウインクをして、鏡の前で座っている私の後ろにやって来る。

メイドさん達も少し私達から距離(きょり)を取って見守っている。

もうここまで来たら、断れないようだ。

「じゃあ、お願いします……」

「うん、任せてちょうだい！　あなた達は戻(もど)っていいわよ」

「いえ、まだやることがありますので、残っております」

メイドさん達に指示を出したアイルさんだが、彼女達は綺麗(きれい)な笑みを浮かべてそう言った。

やることって何かしら？　特にもうないと思うけど……。

「そう？　わかったわ」

アイルさんは気にせず、そのまま後ろに立って私の髪をいじっていく。

「とても綺麗な青い髪ね。海の色みたいで素敵(すてき)」

「ありがとうございます。アイルさんも綺麗な青い髪ですよね」

「ふふっ、ルアーナちゃんと少し色味が違うけど、同じ色ね。なんだか本当に娘ができたみたいで嬉しいわ」

本当に楽しそうにそう言って、私の髪を結ってくれるアイルさん。

確かにジークはアイルさんとほとんど似ていない、目が少し似ているくらいだ。

顔立ちも髪色も、父親のクロヴィス様の遺伝子を継いでいるようだ。

しばらくアイルさんに髪を任せていると、「完成！」という言葉が聞こえてきたが……。

「どうかしら、ルアーナちゃん！」

「……と、とても独創的ですね」

えっと、鳥の巣をモチーフに私の髪をアレンジしたのかな？

いや、それはないと思うんだけど、そうとしか思えない髪型が鏡に映っている。

「うん、ごめんね、失敗しちゃった！」

「ですよね!?」

思わず大きな声でツッコんでしまった。

「ポニーテールにしようと思ったのに、なんでこうなったのかしら？」

頬に手を当てて、不思議そうにしている。

アイルさんって、もしかして不器用……？

「奥様、私達がやりますので」

「あら、そう？　じゃあお願いしてもいい？」

「はい、もちろんです」

メイドさんが変わらない笑みを浮かべて、アイルさんを退かした。

あっ、メイドさん達はアイルさんが不器用ってことを知ってたのね。

私の髪がこうなることをわかっていて、だから残ってくれていたということか。

「ルアーナちゃんも、ごめんなさいね」

「い、いえ、大丈夫です」

これからはアイルさんに任せないようにしよう……。

いつもよりも時間がかかった朝の支度だった。


その後も、アイルさんはずっと私と一緒にいようとしてくる。

戦場でもそうだし、屋敷の中でもそうだし……今日はお風呂も誘ってきた。

辺境伯家のお風呂はとても広く、二人で入ったところで何も問題はない。

むしろ一人で入ると広すぎて逆に違和感を覚えるくらいだ。

だけど裸を見られるのは少し恥ずかしいし、断ってしまった。

アイルさんは笑顔で「大丈夫よ、無理強いはしたくないからね」と言ってくれた。

ありがたいけど、なんでこんなに私に話しかけてくれるのだろう？

三年間眠っていたんだから、ずっと会えなかった夫のクロヴィス様や、息子のジークと話した方がいいのに。

もちろん嫌なわけじゃないけど、嬉しさよりも疑問の方が大きい。

お風呂から上がって、部屋に戻るために廊下を歩いていると、角を曲がったところでジークとばったり出会う。

「あっ、ジーク」

「ん、ルアーナ……っ！」

ぶつかりそうになったけど、ギリギリで止まった。

だけどなぜかジークが顔を赤くして目を逸らした。

「どうしたの？」

「お前、髪濡れてるが……」

「ああ、お風呂入ってたから」

「……そうか」

顔を赤くしたままチラッと見てくるジーク。

どうしたんだろう？　お風呂上がりだけど、何かついてる？

服は真っ白のバスローブで、髪は濡れたままで少し上げてるけど。

まあいいわ、ジークがこうなるのは時々見るし。

「ジーク、アイルさんについて少し聞きたいことがあるんだけど」

「……ああ、なんだ？」

「なんでアイルさんは、私にあれだけ構ってくれるんだろう？　別に嫌じゃないけど、とっても不思議で」

「ああ、それか。俺もわからんが一つ言えることは、母上がお前を気に入ってるってことだ」

「そうなの？」

「ああ、母上は気に入っていない奴にそこまで絡まない」

「そう……」

それなら嬉しいけど、なんでそこまで気に入ってくれたんだろう？

もしかして、私が光魔法の治癒を使ってアイルさんを治したから？

「言っておくが、母上が気に入っている理由はお前が光魔法を使えるからとか、治癒魔法で治してくれたから、とかじゃないぞ」

「えっ、ジーク、私の心を読んだ？」

「お前と二年もいれば、それくらいわかる」

そう言ってニヤリと笑ったジークは、だが私と視線が合うとすぐにまた顔を逸らした。

「と、とにかく、俺にもわからんから、知りたいなら直接母上に聞け」

「うん、ありがと」

ジークとそこで別れて、自室に戻る。

自室でメイドさんに髪を乾かしてもらい、あとは寝るだけという時に……。

「ルアーナちゃん！　一緒に寝ましょ！」

アイルさんが部屋に突入してきた。

寝間着姿で枕を片手に持っていて、準備万全という感じだ。

「えっと……」

「あっ、もちろん無理強いはしないわよ。その場合は私、床で寝るから！」

いや、それは無理強いというよりは、脅しなのでは？

さすがに辺境伯夫人を床に寝させるほど、私は心臓が強くない。

「……一緒に寝ましょう、アイルさん」

「ありがとう、ルアーナちゃん！」

♥ ♥ ♥

「くそっ！」

アルタミラ伯爵家の屋敷、その執務室で一人の男が机を思いっきり叩いた。

ヘクター・ヒュー・アルタミラという男で、アルタミラ伯爵家の当主だ。

ルアーナの実の父親で、邪魔者だったルアーナを死地だという辺境ディンケルに派遣した張本人だ。

そんな彼が、とてもイラついた様子で部屋の中を右往左往していた。

「最悪だ、なんでこんなことに……！」

アルタミラ伯爵家は、これまで皇室派閥の中でも発言権が大きい上位の貴族であった。

だから社交界でも大きな顔ができて、息子や娘もなかなか優秀で順風満帆だった。

婚外子のルアーナが邪魔だったが、それも辺境に送って解決した。

どうせとっくに魔物に食われて死んでいるだろうから、何も確認はしてないが。

あんな戦場ではルアーナに生き残れる術はない、とヘクターは思っていた。

だからヘクターの人生は何も邪魔が入らない、とても順調な人生だったのだが……ここ最近、上手くいっていないことが多い。

まず、息子のグニラが学校で皇室の人間と全く仲良くできていない。

仲良くしていないならまだしも、敵対しているという話だ。

グニラは学校で魔法や学業が優秀だからこそ、自分が特別な人間だと思っている。

それが度を越えて、自分は皇室の人間よりも上であるべき、と思い始めたようだ。

皇室派閥にいるアルタミラ伯爵家としては、そんな考えは正すべきだった。

しかしグニラはヘクターの言うことは聞かず、ついには皇子というだけで人気がある第一皇子に、学校で決闘を申し込んだ。

結果、完全に敗北。

実力も人気も、第一皇子が上だと知れ渡り、グニラは笑い者となった。

不敬罪となったら伯爵家の立場にも多大な影響を受けたので笑い者になったくらいでよかったが、それでもグニラが馬鹿なことをしたことに変わりはない。

（魔法などは優秀のようだが、頭が悪すぎる。いっそのことこれ以上、我が伯爵家の邪魔をする前に死ねばよかったものを……）

だがそんなことは誰にも言えず、罰を与えるしかなかった。

その後、次は娘のエルサだ。

成績はそんなに良くないが社交性があり、容姿も良いので評判が良かった。

そして学校で伯爵家より身分が上の、公爵家の嫡男と親しくなり婚約を果たした。

このままエルサが公爵家に嫁げば、アルタミラ伯爵家は公爵家とも繋がりができて、完璧だったのだが……。

エルサは、浮気をした。

貴族の中でも下位の男爵家、そこの顔だけが良い男と。

エルサはとても上手く隠していた、それは父親のヘクターや婚約者の公爵家子息が全く気づかないほどに。

しかし先日、突如バレたのだ。

どうやら公爵家に情報を流した者がいたようで、証拠なども全て揃っていた。

もちろんエルサの浮気を知った公爵家は大激怒。

婚約は破棄され、共にやっていた事業も全部契約を切られた。

その公爵家が貴族派閥で、皇室派閥ではなかったからまだ派閥内で立場を失うことにはならなかったが……本当にギリギリの状態だ。

もしその公爵家が皇室派閥で、アルタミラ伯爵家を追い落とそうと思ったら本当に立場がなくなるところだった。

今でさえ第一皇子とグニラが最悪の仲で、立場が危ういというのに。

そして今、また大きな危機が迫っている。

「魔道具関連の事業が……！　なぜ魔石が全然仕入れられなくなったのだ⁉」

魔石を原動力として動く魔道具。

それを作る事業をやっていたのだが、生産量が激減している。

理由は単純、魔石が手に入らなくなっているのだ。

魔石の出どころを調べると、ほとんどがディンケル辺境伯家だった。

辺境伯家が魔石を入手できなくなったわけではなく、アルタミラ伯爵家に卸さなくなったのだ。

「なぜいきなり辺境伯家が……二年前にルアーナを、役立たずを送ったからか？　だがその仕返しをするには遅いし、他に何か理由が？　くそっ、どうすれば……！」

まだ他の事業もあるのだが、そちらも軒並み業績が悪い。

それも当然、息子が皇族に喧嘩を売り、娘が公爵家を裏切ったのだ。

その噂は広まっていて、アルタミラ伯爵家の事業に影響が出るのは当然だった。

「新しい事業に手を出そうにも、失敗したらそれこそ、アルタミラ伯爵家は終わりだ……」

打つ手がほとんどない、今は耐えるしかない。

幸いにも、すぐに爵位を失うほど収入が下がっているわけじゃない。

だがこのままだったら、危うくなってくる。

「何か手を、考えなければ……！」

「旦那様、よろしいでしょうか」

「なんだ!?」

扉から入ってきた使用人に怒鳴るが、使用人は慣れているようでそのまま報告を始める。

「奥様がまた宝石店でいくつか装飾品をご購入になったようです」

「なんだと……今は財政が苦しいから、あれほど買うなと言ったはずだぞ！」

「はい、ですが奥様は『定期的に買わないと伯爵家の威厳を保てない、これは価値ある支出』ということで、買っておられました」

「ふざけるなよ！」

また机をドンッと拳で叩いたヘクター。

使用人はもう慣れているようで「失礼します」と言って出て行った。

「どいつもこいつも、本当に……！」

アルタミラ伯爵家の未来はどうなるのか。

当主のヘクターには見えていない。

ただ……嫌な未来だけが、想像できた。

私は今、アイルさんと一緒のベッドに横になり、顔を見合わせて話している。

「ふふっ、ルアーナちゃんと一緒に寝るのは初めてだから、ドキドキするわね」

「……私もです」

アイルさんのドキドキと、私のドキドキは少し種類が違うと思う。

辺境伯夫人と一緒に寝て大丈夫なのか、失礼なことをしたらどうしよう、という緊張がある。

　アイルさんが誘ってくださったから、多分大丈夫だと思うけど……。

「ルアーナちゃんって、気になる人はいるのかしら？」

「気になる人ですか？」

「うん、そう。誰かいる？」

「……今はアイルさんですね」

　なんで私にこんなに親しく接してくれるのか、すごい気になるから。

「えっ、ほんと？　嬉しいけどダメよ、私には夫がいるから……ああだけど、女の子同士だったらあの人も許してくれるかしら……」

「え、どういうことですか？　なんでクロヴィス様が関係あるんですか？」

「？　……あ、ルアーナちゃん、ただ気になってる人を言っただけ？」

「もちろんそうですが……」

　それ以外に何があるんだろうか。

　少し慌てていたアイルさんだが、納得したように「あー、そっか」と呟いた。

「うんうん、ルアーナちゃんの純情さを忘れてたわ。本当に愛らしいわね」

「……これって褒められてますか？」

「もちろん褒めてるわよ、ルアーナちゃんが可愛いって」

「ありがとうございます？」

本当に褒められているのかわからないけど、とりあえずお礼を言う。

「じゃあ直球で聞こうかしら。ルアーナちゃん、好きな人っている？」

「好きな人……」

「そう、誰かいるかしら？」

「まあ、ジークですかね」

「えっ、ジークちゃん⁉ ジークちゃんなの⁉」

「は、はい」

いきなりアイルさんが大きな声で反応したから、ビックリしてしまった。

「そうだったの⁉ そうは見えなかったけど……！」

「えっ、そうですか？ ジークのことは結構好きですけど。あ、もちろんクロヴィス様やアイルさんも好きですよ」

「あれ、私も？」

「はい」

「……ああ、そういうことね。うん、そうよね、ルアーナちゃんはそうよね」

何かに納得したように、大きく頷（うなず）いているアイルさん。

「だけど好きな人って聞いて、最初にジークちゃんの名前を出すってことは脈ありなのかしら？　でも普通に仲良い人を挙げた感じで……わからないわね」

「脈あり？　何がですか？」

「いえ、なんでもないわ。ルアーナちゃんとジークちゃんが仲が良くて嬉しいって話よ」

「そう、ですか……私も、ジークやアイルさんが仲良くしてくれて、本当に嬉しく思います」

それは本当に、心の底から思う。

私が今こうして楽しく過ごせているのは、ジークやクロヴィス様、アイルさん、使用人さん達、ディンケル辺境伯家にいるみんなのお陰だ。

「……ルアーナちゃんって、本当にいい子よね」

「そうですか？　わかりませんが……」

「可愛くて、優しくて、努力家で……本当にすごいと思うわ」

「あ、ありがとうございます」

いきなり褒められて少し照れるけど、アイルさんの雰囲気がいつもと違う。

優しい笑みを浮かべているけど、どこか真面目な雰囲気が漂っている。

「私は、ルアーナちゃんが大好きよ」

「ありがとう、ございます」

「うん。だからルアーナちゃん、もうあまり怖がらないでいいわよ」

「怖がる？」

「ええ。『役に立たないと捨てられる』なんて、思わないでいいのよ」

「っ……！」

私の奥底にある気持ちを、不安を言い当てられて、声も出ないほど動揺した。

なんで、アイルさんに知られて……。

「あなたの境遇を考えると、そう考えちゃうのは仕方ないと思うけど」

私はアルタミラ伯爵家の派遣者として、ディンケル辺境伯家に来た。

派遣者として活躍しないと、ここから捨てられるのは当たり前だろう。

「だけどもう、大丈夫よ。ジークちゃんも、クロヴィスも、私も、あなたのことが大好きだから。捨てられるなんて考えないで」

「っ……だけど私は、ただの派遣者で、ただの一魔導士で、貢献しなかったら捨てられるのは当たり前で」

「ううん、そんなことない」

私の言葉を優しく否定して、アイルさんはベッドの中で私のほうに寄ってきた。

そして私の頭を撫でて、胸元に抱き寄せた。

「私達にとって、ルアーナちゃんは特別よ」

「アイル、さん……」

アイルさんの優しい声が上から降ってくる。

抱きしめられた温かさが、とても心地よかった。

「助けてくれたからというのもあるけど、私はあなたの全部が好きよ。今まで、よく頑張ってきたね。よく、耐えてきたね」

「っ……」

「母親を亡くして、敵しかいない家で一人で五年も過ごすなんて、本当に辛かったと思うわ」

その言葉に、私の目から涙が零れてベッドのシーツを濡らした。

心の中で、いつか捨てられるかもしれない、と思っていた。

もともと辺境伯家には自分を売り込みに来た立場、役に立たなかったら捨てられるのは当然だ。

その思いはずっとあったし、だからこそ努力してきた。

まさかそれを勘づかれるなんて、思いもよらなかった。

だけど……。

「私達はルアーナちゃんが大好きだから。あなたを捨てるなんてことは、絶対にないわ」

その不安を、アイルさんが優しく取り除いてくれる。

勝手に涙が溢れて止まらない。

「ずっと、家族っていいなって……私も辺境伯家みたいな、家族が欲しいって、思ってました」

「ええ」

「私も、大好きです」

「私も、ルアーナちゃんが娘ならいいなって思ってたわ。両想いね」

「っ……」

私には家族が、亡くなったお母さんしかいない。

だから、憧れていた。ディンケル辺境伯家の、家族関係に。

ジークとクロヴィス様のやり取りを見ていて、私はお母さんを思い出していた。

アイルさんが加わってから、さらに心の中にお母さんが思い浮かぶようになった。

「家族だと思って、甘えてもいいからね。ルアーナちゃん」

「はい……！」

「敬語を取ってもいいのよ。家族なんだから」

「……うん」

私はアイルさんの胸元で、頭を撫でられながら涙を流す。

家族の温かさを、久しぶりに味わいながら。

翌日……起きて、私の心の内を占めた感情は。

(恥っずかしい……！)

十七歳にもなって、幼子みたいに泣きながら抱きついて寝るなんて……！

恥ずかしくて、隣で起き上がったアイルさんを見られない。

「ふぁ……おはよう、ルアーナちゃん」

「お、おはようございます、アイルさん」

「よく眠れたかしら？」

「はい、大丈夫でした……それはもうぐっすりと」

今までになく快眠だった。

これほど眠れたのは……ジークが手を握ってくれた時以来かもしれない。

あの時もとても安心して眠れたことを覚えている。

「そう、それはよかったわ。他人と寝るのが気になって寝られない人っているから」

「私は大丈夫みたいです……それに、他人じゃなくて家族、ですから」

「っ！　ルアーナちゃん、可愛い！」

「わっ！」

ベッドの上でいきなり抱きついてきたアイルさん。

勢いのまま倒れこんでしまい、また私達はくっついたままベッドの上で寝転がった。

「はぁ、本当に可愛いわね、ルアーナちゃんは」

「うぅ、なんだか子ども扱いされてる気がします……」

「私からすればルアーナちゃんもジークちゃんも、まだまだ子どもよ。それにジークちゃんも、人と寝たほうがぐっすり眠れるタイプよ？」

「そうなんですか？」

「そうよ、ジークちゃんがまだ十二歳で小さかった頃ね――」

その後、私とアイルさんは布団の中で雑談をしていた。

寝起きだというのに二人とも盛り上がってしまい、メイドさんを呼ぶのを忘れるほどだった。

メイドさんがこの部屋に来た時、アイルさんがいたことに少し驚いていたようだけど、すぐに身支度を手伝ってくれた。

二人で食堂へ行くと、すでにクロヴィス様とジークが席に座って待っていた。

「ん、二人で一緒に来るとは珍しいな。それにルアーナが朝食の時間に遅れるのも珍しい」

「クロヴィス様、それだと私が食い意地が張ってるみたいじゃないですか」

「実際そうだろう？」

「ご飯が大好きなだけです」

「くっ、そうか」

「あなた、あまりルアーナちゃんをいじめないの」

「ああ、悪かったな」

私とアイルさんが席に着くと、隣にいるジークも話しかけてくる。

「母上と何かあったのか？」

「うっ……べ、別に、何もなかったわ」

「絶対に嘘だろ」

簡単に見破られてしまった。今のは私もわかりやすい反応をしてしまったけど。

だけど言うわけにはいかない、アイルさんと寝た時に泣いてしまったなんて。

「昨夜はルアーナちゃんと一緒に寝たのよ。ふふっ、すっごく可愛かったわ」

「アイルさん⁉」

「ほう、そうなのか。それは羨ましい限りだ」

「ふふっ、あなたと寝るのもいいけど、ルアーナちゃんも私に抱きついて寝てくれて可愛かったわよ」

「ア、アイルさん⁉」

まさか包み隠さずに言うなんて……！

いやだけど、泣きながらという一番恥ずかしいことは言わないでくれたようだ。

それにしても恥ずかしいけど。

「へー、そうなのか。母上と眠るのはそんなに気持ちよかったか？」

ニヤニヤと笑いながら揶揄ってくるジーク。

いつものことだけど、それに少しイラッとしてしまう。

「なによ、悪い？」

「いいや？　まあ、お前はまだまだ子どもだもんな」

「……そうね。誰かさんが十二歳の頃、初陣で怖がって眠れなくなって、アイルさんに抱きついて眠ったのと同じくらい子どもってことね」

「なっ!?」

私の言葉に、ジークが真っ赤な顔をして反応した。

あっ、やっぱりアイルさんの言ったことは本当だったのね。

嘘を言われたとは思わなかったけど、全然信じられなかったから。

「なんでお前がそれを……！」

「もちろん、当事者に聞いたからよ」

「くっ、母上！　なぜそれをルアーナに喋ったんですか!?」

「だってルアーナちゃんと寝てたら、当時のジークちゃんを思い出したから」

「ああ、そんなこともあったな。私も当時のジークと眠りたかったのだが」

「父上も、揶揄わないでください……！」

私を揶揄う雰囲気から一変して、両親に揶揄われて恥ずかしがるジーク。

ジークは私のことを睨んでくるが、知らんぷり。

「あっ、そうだ。初陣と言えば、ジークちゃんってルアーナちゃんのために、私と同じことをしてあげたんだってね？　すごく優しいわね！」

「なっ⁉　な、なんで母上がそのことを……！」

「もちろん、ルアーナちゃんに聞いたからよ」

「ル、ルアーナ、お前な……！」

「だってアイルさんから素敵な話を聞いたから、お返しに話をしたくなるでしょ？」

同じこと、ではないけど。

私はジークに手を繋いでもらって寝ただけ、アイルさんとジークは一緒の布団に入って寝ているから。

「ほう、私もそれは聞いてないな」

「ルアーナちゃんの初陣の時に、朝まで一緒に寝てあげたんだって」

「一緒に寝てはいません！　手を繋いでやっただけで……！」

「ほう、朝まで一緒にいたのは否定しないのか？」

「うっ……！」

えっ、朝までいてくれたの？

私もそれは知らなかった。

「こ、こいつが手を離さなかっただけで、俺がいたかったからとかじゃないです」

「はぁ、二人とも本当に可愛いわ！　その場面を見てみたかった！」

「私もだ、ルアーナが初陣の時ってことは、二年も前か」

そうか、私がここに来てから、もう二年も経ったのね。

あの時は生きるのに必死で、ディンケル辺境伯家に自分を売りに来たけど……。

今では、こうして食卓を囲んで楽しく話している。

「おい、ルアーナのせいだからな」

「えっ？　何が？」

「父上と母上に揶揄われた理由だよ……ボーッとしてたが、どうした？」

不思議そうに顔を覗かれたが、私は笑みを浮かべた。

「本当に、私も家族の一員になったみたいで、嬉しかっただけ」

「いきなりだな」

「昨日、アイルさんにそう言われて嬉しかったから」

「……そうか」

「ジークも、思ってくれてる？」

「……ああ、そうだな。生意気な妹くらいには思ってるよ」

ジークは恥ずかしそうに顔を逸らしながらも、そう言ってくれた。

クロヴィス様も、アイルさんも、ジークも……私のことを、家族だと思ってくれている。

私もずっと、辺境伯家が家族になってくれれば、と思っていた。

だけどそれは過ぎた願いで、辺境伯家で居候のように暮らせているだけで、ありがたいと思っていた。

いつから家族と認めてくれていたのかわからないけど、家族の温かみを感じる時は結構あった。

私はその度に勘違いしないようにと思っていたけど、勘違いじゃなかったのね。

少しだけ泣きそうになったけど……ジークに揶揄われると思ったので、笑みを浮かべて言葉を返す。

「ふふっ、ありがと。だけど私がお姉さんだから」

「はっ、それはねえな」

私とジークが話しているのを、目の前でクロヴィス様とアイルさんが顔を寄せ合って見ている。

「ジークって完全にもう、あれよね？」

「ああ、だろうな。ルアーナはどうなんだろうか」

「昨日話した感じ、ルアーナちゃんはそんな意識しているわけじゃなさそう。だけどチャンスは十二分にあるわね」

「だろうな。まあ見守るか、ルアーナが本当の娘になったら私も嬉しいからな」

「ふふっ、そうね。だけど今でも私達の娘よ」

二人はニヤニヤしているのか、微笑ましそうに見てきているのか、よくわからない表情だ。

「父上、母上、なにか？」

「いや、なんでもないぞ。ジーク、頑張れよ」

「うん、頑張ってね、ジークちゃん」

「……意味がわかりませんが」

その後、私達は朝食を食べた。

アイルさんが目覚めてからこの四人で食べることが多くなったが……。

今までで一番、家族らしい雰囲気があって、いつもよりもご飯が美味しく感じられた。

お母さんは、私を一人にしてしまうと、謝りながら亡くなった。

大好きなお母さん。

私は新しい家族ができました。

もう一人じゃないから、だから心配しないで。

そんなことを思いながら、新しい大好きな家族と笑い合いながら食卓を楽しんだ。

「次はジークちゃんの番よ！」

母上がいきなり俺の部屋に入ってきて、そう叫んだ。

「……何がですか？」

「約束したでしょ？　私がルアーナちゃんを落としたら、次はジークちゃんの番だって」

「そう言われたことは覚えてますが、約束した覚えはないのですが」

「えー、そうだっけ？」

「それに落とすっていうのもよくわかりませんが」

「私は落としたでしょ？　ほら、ルアーナちゃんがようやく家族だって認めてくれたしね」

母上にとっての「落とす」は、そういう意味だったのか。

確かにずっと辺境伯家の家族、という認識はしてなかったルアーナ。

だけどようやく自分が辺境伯家の一員だという自覚が芽生えたようだ。

「ルアーナちゃんったら本当に可愛いのよ。この前、戦場からここに戻ってくるまでの馬車の中で、膝枕をしてあげたの。最初は恥ずかしがってたんだけど、すぐに安心しきったような表情で寝ちゃって……すごい可愛かったの！」

「はぁ、それはよかったですね」

「えっ、ジークちゃんも見たかった？　ごめんなさいね」

「いや、何も言ってませんが」

見たくない、とは言わないが。

それに俺は二年前に見たことがある。

ルアーナの初陣の時、俺が手を握って寝かせたから。

「あっ、だけどジークちゃんって二年前に、ルアーナちゃんの寝顔を見てるんだっけ？」

「……まあ、はい」

「ふふっ、幼いルアーナちゃんも可愛かっただろうけど、成長したルアーナちゃんの寝顔も可愛いわよ？」

「……それで、母上は何の用で俺の部屋に来たのですか？」

「あっ、話を逸らしたわね」

これ以上ルアーナの寝顔について語っていても、話が進まないと思ったからだ。

「私はルアーナちゃんを家族に引き入れたから、次はジークちゃんの番って話よ」

「俺の番って、俺に何を求めているのですか？」

「それはもちろん、ルアーナちゃんと両想いになるの！」

母上はニコニコとした笑みを浮かべて、無言の圧力をかけてくる。

「もたもたしてると、他の人にルアーナちゃんを取られちゃうわよ？」

「誰にですか？」

「戦場で一緒に戦っている兵士の人とか。すごいモテていたじゃない」

「確かに兵士の奴らに好かれてはいますが、ルアーナは誰一人名前も覚えていませんよ？」

「えっ、そうなの？」

「あいつ、名前覚えるの苦手みたいですから」

兵士の奴らが全員同じ鎧を着ているから見分けにくい、というのもあるかもしれないが。

「そうなのね、社交界とか出ても大丈夫かしら？　今からルアーナちゃんにも淑女としての教育をしといたほうがいいかもしれないわね」

「ルアーナを社交界に、王都に行かせるつもりですか？」

ディンケル辺境伯領では特に社交界などはない、貴族が辺境伯家しかいないから。

社交界に出るとしたら、王都に行くしかないだろう。

「あの人はそう考えているみたいよ。そろそろルアーナちゃんの出自を書き換えられるから、書類上でも辺境伯家の一員に入れられたら、ジークちゃんと一緒に王都に行かせるかもってことよ」

母上が言うあの人というのは、父上のことだ。

「なぜですか？」

「人脈作りって話よ。まあ行くとしても一年後とかになると思うから、そんなにすぐじゃないけどね」

なるほど、辺境伯家としてここでずっと戦っているが、俺もこれから辺境伯家の当主になるなら人脈は必要だろう。

ルアーナも辺境伯家の一員として俺と一緒に行って他の貴族と交流を持った方がいい。

「社交界に出たら、ルアーナちゃんはすぐに人気者になるわよ。だって可愛いもの。一年後にはもっと魅力的になっているかも」

「……」

確かに、それはありえる。

一年後はルアーナも十八歳で、貴族令嬢として一人前の年齢になる。

そしてルアーナの容姿、辺境伯家の養女となれば、確実に貴族令息の奴らが黙っていないだろう。

地位や容姿に惹かれて本気で言い寄ってくる可能性は、十分にある。

「だから急いだほうがいいんじゃないかな？」

「……そんなに急ぐものでもないでしょう。一年もありますし」

「そうかなぁ？　だけど……ふふっ」

「なんですか？」

話の途中で突然声を上げて笑う母上。

「ルアーナちゃんが好きってことは、否定しないのね」

母上の言葉に、一瞬だけ動揺する。

否定しようとも思ったが……俺はため息をつく。

「……別に、肯定した覚えもありませんが」

「ふふっ、そうね」

もうすでに母上にはバレているようだから、否定してもあまり意味がないだろう。

俺も心の中では、もう認めている。

「だけどジークちゃん、ルアーナちゃんにもう少し優しくしてもいいんじゃない？　いつも言い争いばかりしている気がするけど」

「そうですか？」

「そうよ、まあ喧嘩するほど仲が良いとは言うけどね。ルアーナちゃんがジークちゃん以外と言い争いしているところなんて、見たことがないし」

「……一応、ありましたよ」

「えっ、そうなの？」

「はい、ですがあれは言い争いとかではなく、ルアーナがただブチ切れてただけですが」

「ルアーナちゃんがブチ切れた？　本当？」

母上が目を丸くして驚いているが、気持ちはとてもわかる。

俺も実際に見ても、その時の光景は信じられなかった。

ルアーナが怒ったところを見たことがあると思っていたが、俺との言い争いで本気で怒ったことはないのだろう。

まあ俺もルアーナに対して本気で怒ったことはないけど。

「母上が目覚める前のことですが――」


ルアーナが母上の治療を始めて一ヵ月ほど経った頃。

あいつが戦場で無理をしている、という噂が兵士達の中で上がった。

今まで壁の上で光魔法を放っていたのに、いきなり最前線に出てきたのだから、無理をしていると思うのは当然だろう。

だから兵士達が「聖女様、どうか後ろにお下がりください」と言っても、ルアーナはそれを断った。

兵士達が理由を聞いても、ルアーナは適当に誤魔化すだけ。

実際は「辺境伯夫人に治癒魔法をかけるために、できるだけ戦場では力を温存したいから」というのが理由だ。

しかし辺境伯家の弱みになる情報を、兵士達に言うわけにはいかない。

だから理由を黙っていたルアーナだが、兵士達は変な憶測をし始めた。

いろんな説があったようだが、その中で一番多く聞いたのは「辺境伯家が聖女様に命令して、過酷な労働を強いている」というものだった。

ルアーナが辺境伯家に住んでいることは周知の事実だったので、そこで酷い扱いを受けているのでは、ということだ。

辺境伯家が相手だから誰にも助けを求められない、聖女様が可哀そう……なんて話を聞いたことがあった。

本当は全然違うし、なんなら俺や父上が「無理するな」と言っても、ルアーナが自ら無理をしていたのだが。

それを兵士達は全く知らないから、その憶測は真実だと思い込んだ奴らが多かった。

そして兵士の中の何人か、特にルアーナを聖女として慕っている奴らが、ルアーナに直接言いに行ったのだ。

戦いが終わり、ルアーナが砦の中を歩いている時に。

『辺境伯家に脅されて、過酷な仕事をされているのではないですか？』

『近くに辺境伯家の嫡男がいるから、脅されて誰にも助けを求められないのでは？』

『それなら私達が必ずお守りしますので、言ってください！』

俺が近くにいない時に話をされたようで、どんなことを言われたかは知らない。

俺が実際に見て聞いたのは、その話を受けてブチ切れたルアーナの姿だ。

砦の中でルアーナを捜していたら、曲がり角の奥から声が聞こえてきた。

『誰が、そんなことを言ったの？』

とても静かなルアーナの声、だけどいつもよりも感情がこもっていた。

兵士達には敬語を使うルアーナだが、その時は忘れていたようだ。

『いったいどこの誰が、そんな嘘を？』

『兵士達の中で噂になっていますが……』

『っ、ふざけないで……！』

曲がり角の陰に隠れて覗き込むと、ルアーナは目の前にいた兵士達を睨んでいた。

『私が前線に出るのは、私の意思よ。辺境伯家に脅されてなんかないわ』

『し、しかし……』

『私の前で、ディンケル辺境伯家を蔑むような嘘を、悪口を言わないで』

ルアーナの怒りの表情と言葉に、目の前にいる兵士がたじろぐ。

『私は辺境伯家に命を救われて、恩を感じているのよ。それを返すために私が無理をしているだけで、辺境伯家に脅されたなんてありえない』

『っ……』

『いい？　そんなつまらない嘘を信じている人がいたら、そう伝えて』

『は、はい』

ルアーナの雰囲気に圧倒されて、兵士はそう返事をするしかなかった。

俺もルアーナがあんなに怒っている姿を見たことがなかったから少しビックリした。

『次に私の前で辺境伯家を中傷するようなことを言ったら、絶対に許さないわ。わかった？』

『は、はい！』

『わかったなら消えて』

『ルアーナがそう言って兵士達から視線を外すと、そいつらは一礼して慌てて廊下の奥の方へ去っていった。

ルアーナは少しだけそこで自分を落ち着かせるように深呼吸をしていて、俺はそれが終わったあたりで彼女と合流した。

俺が見ていたことを伝えると、ルアーナは少し恥ずかしそうにしていた。

『お前があそこまでブチ切れるのを見るのは初めてだな』

『少し恥ずかしいわね』

『なんであんなに切れたんだ？』

『だって私が本当に感謝して尊敬しているディンケル辺境伯家を中傷されたのよ？　私が

馬鹿にされるんだったらまだ我慢はできたけど』
　ルアーナはまだ少し怒りが収まらないようで、顔をしかめながら言っていた。
　いつも俺と言い争っている時は、本気で怒っていなかったのだと思った出来事だった。

「――ということがあったんです」

「ルアーナちゃん、本当に素敵だわ……！」

　母上にルアーナのブチ切れ話をし終えた感想が、「素敵」だった。

「まだルアーナちゃんが私達を家族って思ってなかった時のことでしょう？　それなのに辺境伯家のために怒るって、良い子すぎて……！」

　母上は感動しているようだが、大部分は俺も同意見だ。

　素敵、というのはよくわからないが、とてもできた人間だというのは確かだろう。

「それならジークちゃんと言い争いをしているのは、じゃれ合っているだけなのね」

「じゃれ合う、という言い方であっているかはわかりませんが……お互いに本気で怒ってはいませんよ」

「それならよかったけど、やっぱり早く二人にはくっついてほしいわね……」

　ついに母上の本音が出たようだ。

　ルアーナを落とす約束、と言っていたが、結局はそういうことだろう。

「ジークちゃんとルアーナちゃんって、デートしたことないの？」

「二人で一緒に行動することはよくありますが」

「それは戦場とか、家の中とかでしょ？　街にデートしに行ったことは？」

母上にそう質問されて、一度考えてみた。

ルアーナと二人で、街に出かけたことは……。

「ないですね。というかルアーナは、辺境伯領の街にほとんど出かけたことがないと思いますよ」

「えっ、そうなの？」

この屋敷を出て馬車で数分も行けば、住宅や商店が並んでいる街がある。

王都ほど大きくはないが、貴族が持っている領地の中ではなかなか大きい街だろう。

だがルアーナはその街に遊びに行くことはほとんどない。

「街に行く用事がないらしく、行かないらしいです」

行くとしても書店で本を買うか、最低限の服を買いに行くくらいだ。

ルアーナは趣味なども特にないようなので、街に出かける理由がないらしい。

俺も街に行く理由がないので人のことは言えないが、ルアーナの場合は少し違う。

あいつはこの二年間、趣味を見つけることよりも、生きることに必死だった。

光魔法を訓練して、戦場で活躍し続けて。

母上を助けるために、別荘に住み込んで治癒魔法をかけ続けてきた。

十七歳の女性、しかも貴族の令嬢で、ここまで命懸けで生きている人はいないだろう。

普通の貴族の令嬢なら戦場に出ることはなく、勉強をして、教養を身につけて、令嬢達とお茶会をする人生だったはず。

平民だとしても家の仕事を手伝ったりするだけで、命の危機を感じる人生を送ることなんてそうそうない。

だがあいつは十歳から五年間、伯爵家で食事もまともに与えられない生活をして。

そして伯爵家から生贄として差し出されてからこの二年、魔導士として努力をし続けてきた。

冷静に考えると、ルアーナが腐らずに生きていることが、とんでもないことだ。

「そうなのね、ルアーナちゃんだったら街でも楽しめると思うけど」

「辺境伯領に来てからあいつは魔法を鍛え続けるだけだったから、街に行く機会がなかったんだと思います」

「それならジークちゃん、ルアーナちゃんを街に連れて行って楽しませないと！　絶対にルアーナちゃんも喜ぶと思うわ！」

「……母上が連れて行けばよろしいのでは？」

「ジークちゃんが連れて行った後でいいわ。最初の街デートは、ジークちゃんに譲ってあげる」

母上はウインクをしながらそう言った。

譲ってほしいなんて言ってないのだが……これは、断り切れないな。

それに断るつもりも、別になかった。

「わかりました。今度誘ってみます」

「よかった！ 両想いになるとかは置いといて、しっかりデートを楽しんでね！」

「はい、だけど俺とあいつの休みが重なることなんてありますか？」

ルアーナは光魔法を使い戦場で一番の活躍をする、俺は兵士の中で一番強い。

その二人が同時にいない、ということは今までほとんどなかったはずだ。

休みが被るとしたら、いつの話になるのか。

「大丈夫よ、もう頼んであるから」

「頼んである……？」

母上がニコッと笑って言った言葉の意味がわからなかったが、数時間後には理解した。

夜、夕食を家族で食べている時に、父上が俺とルアーナに言った。

「明後日、ジークとルアーナに休みを与えるつもりだ」

「私達二人にですか？」

「ああ、二人とも最近は休みがなかっただろう。しっかり身体を休めてくれ」

父上はそう言いながら俺の方に目配せをした。

母上も同時に俺の方を見てきたので……さっきの「頼んである」という意味がわかった。

「私とジーク、二人同時でいいのですか？」

「ああ、最近はルアーナの光魔法に頼りすぎているところもある。ジークの個の力で強い魔物を倒しているところもあるので、二人がいない時でも魔物の襲撃を抑える戦術を考慮しないといけないだろう」

「はぁ、なるほど」

ルアーナはそれで納得したようだ。

父上が話した理由はとても真っ当なもので、確かにルアーナや俺の力に頼っている部分はあるだろう。

しかし別の理由もあるからか、父上も母上も再びこちらに目配せをしてきている。

はぁ、ここまでお膳立てをされたら、誘うしかないか。

もちろん俺は嫌なわけじゃないが……ルアーナがどう思うか。

◆　◆　◆

「えっ？　街に一緒に？」

翌日、戦場での戦いが終わった後、馬車に乗って屋敷に戻る時に、ジークに誘われた。

「ああ、明日俺達は休みだろ？」

「そうね、丸一日休みって久しぶりだわ」

「それでルアーナは、丸一日休みだとやることがないだろ？」

「まあ、結構時間は持て余すと思うわ」

私は特には趣味がないから、何をすればいいか迷っていたところだ。

「だったら昼くらいから街に行かないか？」

「別にいいけど、何するの？」

辺境伯領の街に行ったことがあまりないから、何があるのか知らないのよね。

「昼飯を適当に食べて、商店街を回る感じだな。お前が行きたいところがあるなら要望を聞くが」

「前に本も買い足したし、別にないわね」

「なら適当に俺が辺境伯領の街を案内してやる。お前は街にあまり詳しくないだろ？」

「そうね、お願いするわ。だけど意外ね、ジークが私を街に誘うって」

「……二人揃っての休みなんてほとんどないからな。迷惑だったか？」

「ううん。さっきも言ったけど、暇を持て余しそうだったから嬉しいわ」

本当にそう思っていたので、私は笑ってそう言った。

私の言葉を聞いて、ジークは少し安心したかのように笑った。

断られるとでも思っていたのかな？

「明日、楽しみにしてるわ」

「ああ、一人で部屋で本を読んでいるよりかは、楽しませてやる」

「本を読むのは結構楽しいわよ？」

「それはハードルが高いな」

そんな会話をしながら、私は明日の休みを楽しみにしていた。


そして、私とジークが丸一日休みの日。

私達は商店街に来ていた。

「こうして来てみると、人が結構いるわね」

私は戦場に向かう服ではなく、私服で来ていた。

ジークも私服だけど、家でも見ているので特に目新しさはないわね。

「ルアーナはこんな人込みを歩いたことはほとんどないだろ？　お前はいつも街に来ても、馬車で移動しているみたいだしな」

「目的のお店を伝えたら、そこまで馬車で移動してもらえるから。辺境伯家の御者(ぎょしゃ)さんにはいつも感謝しているわ」

私は何度か街に来ているが、目当てのお店を決めて家を出るので、馬車で店の前まで送ってもらっている。

御者さんは「目的地を決めずに馬車で何時間も移動することもあるので、決まっていた方がありがたいです」と言ってくれるので、いつも甘えている。

だけど今日はジークがすでに馬車を帰らせているので、私達は街を普通に歩くことになっていた。

「今日はあまり目的地を決めてない。なんとなくやることは決めているがな」

「そうなのね……っ！」

「最初は軽く食事を……おい、どうした？」

ジークが会話を続けようとしていたが、私はあるものを見つけて立ち止まってしまう。

私の視線の先には、すでに料理としてでき上がっていて、そのまま食べ歩きができるような商品を売っているお店らしき建物が並んでいた。

「ジーク、あれは何？　なんで料理を売り出してるの？」

「出店だな。祭りとかではないと思うが、おそらくいくつかの料理店があそこを買い取って、自分の店の商品を出しているんだろう」

ジークに詳しく聞くと、高級な料理店が出店で少し料金を抑えめにして食べ物を売り、そこから本店に集客していくということをしているらしい。

高級店に行けない平民は手ごろな値段で美味しい料理を食べられて、出店している高級店は普通は来ない平民からも収入を得られ、さらにそこから興味が出て本店に来てもらえることもある。

なんて素敵な仕組みなの……！

「ジーク、行きましょ！　食べたい！」

「……だと思ったよ」

ジークが少しため息をついてそう言った。

私は物欲はあまりないけど、食欲は人並み以上にある。

あんな美味しそうな料理が並んでいたら、我慢できないわ。

「一応言っておくが、俺達なら普通に高級店に行けるぞ？」

「そう？　だけどあそこの出店なら、いろんなお店の料理を食べられるんじゃない？」

「確かにそうだが……」

普通の貴族は出店で食べ歩きなんてしたくない、って人の方が多いらしい。

「店で座って食べたいとかはないのか？」

「食べ歩きの方が楽しそうじゃない？」

いつも座って食べているし、たまには立って食べるのもいいと思う。

私は貴族だけど、「出店で平民と一緒に食べたくないわ！」なんていう令嬢じゃないから。

「あっ、だけどジークがちゃんとお店で食べたいなら、そっちでもいいけど……」

私が窺うようにそう言ったら、ジークがふっと優しく笑った。

「ふっ、そうか。まあ、ルアーナらしいな」

「それって褒めてる？」

「どうだろうな、じゃあ行くか。ちょうど昼時だし、結構人がいるから早く並んだ方がいいだろう」

「なんだか誤魔化された気がするけど……そうね、だけど賑やかでいいわね」

適当に出店が並ぶところを歩き、私が食べたい料理の出店に向かう。

最初に選んだのは肉の串焼きのような食べ物で、受け取った瞬間に思わず喉が鳴ってしまった。

「すごいわ、こんな手軽にお肉を食べられるのね……！」

「早く食べないとタレが手に付くぞ」

「そうね、いただきます」

出店から少し離れた場所で、私達は立ったまま食べる。

っ、これは……！

「んぅ、美味しい～！」

「……ああ、そうだな」

お肉は簡単に噛み切れるほど柔らかくて、タレが甘辛くて美味しい。

ジークと視線を合わせると、彼も美味しそうに食べている。

「すごい美味しいわ、これ！　もう一本食べたいけど、他のお店の食べ物も気になるし、どうしよう……」

「ふっ……」

「ん？　なによ、急に笑って」

「いや、隣でこうも幸せそうに食べるやつを見たら、本店で食べた時よりも美味しく感じると思ってな」

「……ほ、褒めてるのよね？」

「ああ、褒めてるよ」

なんだか優しい笑みを浮かべながらそう言われたので、少し恥ずかしい。

だけど嫌なわけじゃない、むしろジークにそう思ってもらうのは嬉しいけど。

「あ、ありがとう……」

「ああ、じゃあ次は何を食べる？　まだまだ食べられるだろ？」

「そ、そうね！　じゃあ次は……」

私はお肉を食べ終えてから、周りの出店を見渡す。

次に食べたいものを探していたら……。

「おい、タレがついてるぞ」

「えっ、嘘？」

夢中になって食べていたから気づかなかった、まさかそんな子どもみたいなことになっているなんて。

私は口の端を拭いたが……。

「こっちだ、バカ」

どうやら逆だったようで、ジークが私の顔に手を伸ばして、口の端についていたタレを親指で拭った。

「あ、ありがと」

「ああ」

自然とジークの顔が近づいてきたので、私は彼の顔を至近距離で見上げる。

ジークの端整な顔立ちにドキッとしてしまう。

数秒ほどそのままの体勢で視線が交わっていたけど……お互いに同じタイミングで顔を逸らした。

口喧嘩をする時に今くらい顔が近くなることは何回もあったのだけど、なんでいまになって恥ずかしくなってしまったのか。

　喧嘩の時はジークの綺麗で整った顔をしっかり見てなかったからかな。

「……三年前の俺に言っても、信じられずに殴られるだろうな」

「えっ、何を？」

「三年後、辺境伯家に来たチビと二人で出店に来て、顔についたタレを拭いてやっているってことをだよ」

「むっ、それはどういう意味よ。嫌だってこと？」

　思わずしかめっ面になってジークを下から睨むが、ジークはニヤッと笑いながら言う。

「はっ、嫌だったら一緒に来てねぇよ」

　憎まれ口のように言うけど、その言葉に私も嬉しくなる。

「ふふっ、そうね。ジークってそういう男だもんね」

「なんだよそれ、どういう意味だ」

「正直者で、可愛いって意味よ」

「褒めてるのかそれは」

「褒めてるわよ、多分」

　そんなことを言い合いながら、私達は笑い合った。

　昼食を出店で済ませた後、私とジークは次のお店に向かう。

「ジーク、次はどこに行くの？」

「お前が今後、必要とする物を買いに行く。というか今も本当は必要なんだが」

「必要な物って？」

「行けばわかる」

ジークはそう言って、詳しいことは教えてくれなかった。

だけど今日のお出かけはジークに任せているから、私は黙ってついていく。

そして着いた場所は……。

「ここって、服のお店？」

「ああ、あと隣には宝石店がある」

まさかの服飾店と宝石店だった。

えっ、必要な物って、普通に服とか？

「別に私、服は普通に持ってるけど」

「じゃあ最後に服を買ったのはいつだ？」

「えっと、一年前くらい？」

身長が伸びなくなったのが一年前くらいだから、それ以降は特に服を買っていない気がする。

「期間が空きすぎだろ。あとお前は服が少なすぎだ」

「そう？　だけど多く持っていても着ないし」

「まあそうかもしれないが。あと今日は普段着を買いに来たというよりは、社交界に出る時のドレスを買いに来た」

「社交界の、ドレス？」

「今後、お前も辺境伯家の一員として王都で社交界などに出る可能性があるからな」

　えっ、そうなの？　初めて聞いた。

　社交界なんて生まれてから一回も出たことないから、何もわからないんだけど。

「パーティー用のドレスを一着も持ってないなら、持っといた方がいいだろ。ここは母上も一番信頼（しんらい）している店だからな。隣には宝石店もあるし」

「宝石も買うの？」

「当たり前だろ、パーティーに装飾品（そうしょくひん）もつけずに行く令嬢（れいじょう）がいるかよ」

　そんなことを店前で話していると、店員さんが私達に気づいたらしく、店の外に出てきて挨拶（あいさつ）をしてきた。

「これはこれは、ジークハルト様。本日は何をお探しですか？」

「こいつのパーティーに着ていくドレスを見繕（みつくろ）ってほしい。あと普段着用の動きやすいやつも」

「かしこまりました。それぞれ何着ほどでしょうか？」

「三着以上は必要だな。予算に上限はない、辺境伯家につけといてくれ」

「かしこまりました」

えっ、なんかよくわからないけど、勝手に話が進んでいる。

一応、私の服よね？　私の意見は聞かないの？

「ではお嬢様、こちらにお願いします」

「あ、はい」

「ジークハルト様は貴賓室でご休憩なさいますか？」

「いや、俺は宝石店で見たいものがある」

ジークはそう言って、宝石店へと向かった。

その後、私は一時間ほどかけていろんなドレスを試着した。

私服はすぐに決まったのだが、ドレスは初めて買うので難儀した。

店員さんに何着もドレスを持ってきてもらい、いろいろと説明をしてもらったんだけど
……ドレスの用語などもよくわからず、何も頭の中に入ってこなかった。

わからないながらも、試着した印象や好みのデザインなどを決めて、五着ほどに絞った。

「うーん、どうしよう……」

「ジークハルト様にも見ていただきますか？」

「あっ、そうですね」

私じゃもうどれがいいのかわからないので、店員さんの言う通りにジークに見てもらうことに。

再びドレスを着たタイミングで、試着室の外からジークの声が聞こえた。

「ルアーナ、何着かで迷ってるんだって？」

「あ、ジーク。うん、そうなの。ちょっと見てくれる？」

「別に気に入ったやつがあれば、全部……っ！」

ジークが話している途中に試着室を出て、ドレス姿を見てもらう。

今着ているのは白と青を基調としたドレスだ。

私は髪が青色だからと言って、ドレスもそれに合わせて青色を取り入れてくれた。

デザインも大人っぽく上品で、ドレスに疎い私でも一目で綺麗だと思うほどだ。

結構お気に入りで、これが第一候補でもある。

ジークに見せるために試着室を出たのだが、肝心のジークが何も言わない。

ただ驚いたように固まって、私をジッと見ていた。

「ジーク？　このドレス、どう？」

「っ、あ、ああ……」

「私は結構いいと思うんだけど」

「……とても、綺麗だ」

ジークが頰を染めて、視線を逸らしながらそう言ってくれた。

彼の反応を見て、私はほっとした。

「そうよね、このドレス綺麗よね。私の感性が間違ってないのならよかったわ」

「……はぁ、まあドレスも綺麗なんだがな」

なぜかジークが呆れたようにため息をついている。

えっ、何か間違っていた？

なぜか店員さんにも目を細めて微笑ましそうに見られているし。

「ジーク、次のドレス見せてもいい？」

「いや、大丈夫だ」

「えっ、なんで？　このドレスもいいけど、他のドレスも綺麗だけど？」

「それなら見てみたいが……これ以上は、俺がもたない」

ジークがもたない？　どういう意味？

「とりあえず、もう見なくてもいい。全部買うからな」

「えっ、全部⁉」

「最初に言っただろ、三着以上買うって」

あっ、そういえば言ってたかも。どんどん話が進んでいたから、聞き逃していたわ。

「だから、その五着を買うってことで」

「かしこまりました。ありがとうございます」

また私が知らないところでジークと店員さんで話が進んでいる。

だけど本当に五着もいいのかな？　私が頂いている給金じゃなくて、辺境伯家のお金で払って頂くらしいし。

「ジーク、五着も買っていいの？」

「いいんだよ、父上や母上もすでに了承しているからな」

「えっ、そうなの？」

「ああ、お前はすでに辺境伯家の家族なんだから、あまり無駄な遠慮をするなよ」

「……うん、ありがとう」

クロヴィス様やアイルさんにも、帰ったらお礼を言わないと。

そして会計を済ませて、店を出る。

日も沈みかけていて、荷物も多くなったからそろそろ帰るのかな。

と思っていたら、すでに店の前に辺境伯家の馬車が止まっていた。

おそらくジークが呼んで待機させてくれていたんだろうけれど、用意周到ですごいわね。

馬車に荷物を積み込み、店員さんに見送られながら私達は屋敷へと帰る。

「今日はいい息抜きになったか？」

馬車の中でジークがそう話しかけてくる。

「うん、とても楽しかったわ。ご飯も美味しかったし、ドレスの試着も少し疲れたけど初めてだったから新鮮で面白かったわ」

「ああ、それならよかった」

「ジークは？　楽しかった？」

「……もちろん、楽しかったぞ」

視線を逸らしながらそう言ったので、少し照れているようだ。

ジークもしっかり楽しめたのならよかった。

だけど少し気になることが。

「私が服を選んでいる間、ジークは暇じゃなかった？」

一時間以上もドレスを試着して選んでいたので、その間はジークを一人にさせてしまっていた。

「いや、大丈夫だ。俺も宝石店で商品を見ていたからな」

「でも結構長いこと待たせちゃったけど」

「待ってない。俺も、その、一時間ほど悩んでいたからな」

「そう？」

「ああ」

ジークも宝石店で一時間も悩んでいたなんて。

何を買ったんだろう？

そんなことを話していたら、馬車が屋敷に着いた。

私は降りて屋敷に入っていこうとしたのだが……ジークが馬車から降りたところで止まっていた。

「どうしたの？」

私がそう聞くと、ジークは少し言いづらそうに話し始める。

「いや、屋敷に入る前に済ませようと思ってな。入ったら母上が問い詰めてきそうだし」

「済ませる？　何を？」

「……貴族の令嬢が社交界に出る時、ドレス以外にも装飾品を付ける。だが俺はあまり宝石について詳しくない」

私も別に詳しくないけど……何を話そうとしているのだろう？

「だから社交界の時に付けていく装飾品は、母上と一緒に選んでくれ。母上もお前と買い物をするのを楽しみにしているようだからな」

「そうなのね、私もそれは楽しみだわ」

「ああ、だから……」

ジークは頬を赤く染めながら、後ろ手に持っていた何かを私に差し出した。

箱？　小さいけど、とても綺麗な箱だ。

「普段でも使えるもので、社交界で付けていても違和感ないものを選んだつもりだ」

「……えっ？　わ、私に？」

「……話の流れから、そうだろ」

ジークが顔を逸らしながらそう言った。

耳まで赤くなっているけど……私は驚いたまま、その箱を受け取った。

「えっと、開けてもいい？」

「……ああ」

丁寧に包装されている箱を開けて、中を見ると……青い宝石を施したイヤリングが入っていた。

「綺麗……」

思わず口をついて出てしまった。

派手ではなく宝石も小さいので、普段付けていても問題はなさそうだ。

「これを、私に？」

「そ、そうだ」

「もしかして、これをずっと選んでたの？」

「っ……不慣れだからな、それ一つ選ぶのに一時間もかかったが」

ジークは恥ずかしそうに首の後ろに手を回して視線を逸らす。

私のために、ジークがこれを一時間もかけて選んでくれたのね……。

とても嬉しくて、口角が勝手に上がってしまう。

「ありがとう、ジーク。本当に嬉しい、大事にするわ」

「っ……気に入ったのなら、なによりだ」

「付けてみてもいい？」

「ああ、もちろん」

私は箱から取り出して、イヤリングを付けようとする。

だけど一回も付けたことがないので、少し苦戦してしまう。

「あ、あれ？」

「どんくさいな、付けられるか？」

「は、初めて付けるから。ちょっと待って……あっ、片方はいけたわ」

もう一個を付けようとした時に、ジークに「貸せ、付けてやる」と言われた。

ジークも慣れてないだろうけど、人にやってもらった方が簡単だろう。

残ったイヤリングを渡して、左耳に付けてもらう。

私の耳に触れる必要があるので、ジークとの距離がとても近くなる。

ジークの顔を見上げていると、とても真剣な表情で私にイヤリングを付けてくれている。

なんだか恥ずかしくなって、私は視線を逸らしてしまう。

「よし、付けられたぞ」

「あ、ありがとう」

「ん？　ルアーナ、なんか顔が赤いぞ」

「ゆ、夕日のせいよ」

「……ふっ、そうか」

視線を逸らしているので見えないが、ジークがニヤッと笑った気がする。

すると私の耳近くにあった彼の手が、私の頬に優しく添えられた。

ビックリしてジークの顔を見ると、やはり彼は笑っていた。

だけどいつもよりも近くに顔があって、視線が合うと時が止まったかのように固まってしまう。

こんなにも近くで見つめ合ったことなど、あっただろうか。

心臓の音が聞こえてくるくらいうるさい。

「似合ってるぞ、ルアーナ」

「っ……あ、ありがとう」

ジークの言葉にドキッとしながらも、お礼を言う。

お互いにそのまま見つめ合い……次の瞬間。

「あら、ジークちゃん？　ルアーナちゃん？」

そんな声が屋敷の方向から聞こえてきて、私達はすぐさま距離を取った。

「は、母上、それに父上も」

声がした方を見ると、クロヴィス様とアイルさんが腕を絡めてこちらに歩いてきていた。

「二人とも、なぜ屋敷の外にいるのですか？」

「庭でアイルとお茶をしていたのだ。花も綺麗に咲いていたからな」

「そうですか、楽しかったのなら何よりです」

「ジークちゃんとルアーナちゃんこそ、どうしたの？」

庭から馬車が到着したことは見えていたようだが、遠くで私とジークが何をしていたかまでは見えていなかったようだ。

「もしかして、ついに……！」

「俺がルアーナに装飾品をプレゼントしていただけです。決して、母上の想像していたことはしていません」

「そうなの？　残念ね」

アイルさんがそう言ってため息をついた。

そして彼女はクロヴィス様から離れて私の隣に来た。

「ジークちゃんから何をもらったの？」

「これです」

私は髪を耳にかけて、付けてもらったイヤリングを見せる。

「あら、いいわね。ふふっ、ジークちゃん、センスいいわ」

「……ありがとうございます」

「ドレスなども買ったのだろう？　使用人を呼んで、荷物を運ばせるか」

「あっ、父上、俺が呼んできますよ」

クロヴィス様とジークが屋敷の方へと向かった。

私もそれに続いて歩き出そうとした時、アイルさんが私の耳元で囁く。

「ねえ、ルアーナちゃん。イヤリングをプレゼントする意味って知ってる？」

「はい？　意味ですか？」

「うん、男性が女性にイヤリングをプレゼントするのって、隠された意味があるのよ」

アイルさんはニコッと笑って、教えてくれる。

「それはね、『いつも一緒にいたい』とか『あなたを守りたい』っていう意味よ」

「っ、そ、そうなんですか？」

「ええ、だけどジークちゃんがその意味を知ってプレゼントしたかはわからないけどね」

アイルさんは「どっちだろうね？」なんて言いながら、私の前を歩いていく。

ジークは、私にそんな意味を込めてプレゼントしてくれたのかな？

どっちかはわからないけど、嬉しいことに変わりはない。

だけど、そんな意味を込めてプレゼントしてくれたのなら……さらに、嬉しいかも。

「ふふっ、ルアーナちゃん、顔が赤いわよ？」

「っ、ゆ、夕日のせいです！」

「そうね、そういうことにしておくわね」

そんなことを話しながら、私達は屋敷の中へと戻った。

# 第4章　三年後

私がディンケル辺境の地に来て、三年が経った。

とても長かった気がするけど、あっという間だった気もする。

ずっと前線で戦い続けていたから、もうそんなに時間が経ったのかって感じね。

今日も前線で戦っているけれど、私は魔導士なのでいつも上から魔法を放つだけ。

しかも三年前の初陣と同様に、光魔法を放つという仕事。

だけどこの三年間で、かなり魔法も強くなった。

『光明』

私が魔法を放つだけで、近くにいる魔物が粒子状になって骨も残らず消えていく。

魔物によっては魔石を残していくのだが、とても強い魔物にしか体内に魔石はないから、ほとんど何も残らない。

結構遠くの方にいる魔物は消えはしないが、ずっと苦しんで動けなくなる。

そこをいつも通り、兵士の方々が倒していく。

魔物の大群を殲滅し、ひとまず片付いた。

私は壁上から降りて、戦場を見て回る。

「聖女様だ、今日も光り輝いている……！」

「今日もお美しい……！」

三年後の今も、まだ聖女と呼ばれてしまっている。

あいつのせいで、本当に……まあもう慣れちゃったけど。

だけど綺麗とか美しいとか言われるのは、素直に嬉しい。

この三年で私は容姿がかなり変わった自覚がある。

とても小さくて子どもに見られる身長だったが、今は平均女性の身長くらいになった。

少し細いけど、健康的なスタイルになっていると思う。

顔立ちは可愛いとか綺麗とか言われることが多いから、悪くないんじゃないかな？

「聖女様、本日もお疲れ様です！」

「ええ、お疲れ様です」

近づいてきた兵士に愛想笑いをしながら返す。

なぜか頬が赤い若い兵士、風邪でも引いているのかな？　そんな状態で戦えるのはすごいわね。

「その、今日この後は何をするおつもりでしょうか？　兵士達の親睦会があるのですが、よければ聖女様も……」

「おい、お前」

「え、あっ……！」

若い兵士の後ろに背の高い男性が一人現れて、すごい顔で見下ろしている。

この戦場で一番魔物を倒している人で、ディンケル辺境地で彼を知らない者はいないだろう。

「ジ、ジークハルト様……！」

「お前、新人か？」

「は、はい！」

「親睦会と言っていたが、一番戦場で活躍して疲れている聖女が行くほどのものなのか？」

「そ、その……」

若い兵士よりも身長が高いジークが、威圧をかけるように問い詰める。

さっきまで頬が赤かった兵士も、顔全体が真っ青になっているわ。

「ジーク、やめなさい。大人げないわよ」

「……ふん」

ジークが睨むのをやめると、若い兵士は慌てて一礼してどこかに行ってしまった。

「別に親睦会くらい、私は出るのに」

「……そんなの時間の無駄だろ」

彼はつまらなそうにため息をつきながら言った。

ジークもこの三年で、とても成長した。

身長もまた高くなっている。いつか抜かしてやると思っていたけど、さすがに無理ね。

顔立ちも三年前はまだ幼さが残っていたけど、それも消えてとても男らしくなった。

クロヴィス様に似ているけど、あの方ほど鋭い雰囲気ではない。おそらく目がアイルさんに似ているからだろう。

まあ簡単に言うと……とてもカッコよくなった。

「そんなこと言わないの。私を慕ってくれているのは嬉しいし」

聖女様、とよく呼ばれて慕われているのはわかる。

伯爵家にいた頃とは全然違うから、それは嬉しい。

「……くそが、聖女なんてふざけて言うんじゃなかったぜ」

「えっ、それをあなたが言うの？」

ジークが言ったから、最初はとても苦労したんだけど。

だけどジークも最初は面白がってたのに、最近は私が聖女って呼ばれることを揶揄ってくることがないわね。

むしろ今みたいに不機嫌になっている気がする。

もしかして飽きたの？　自分で言い始めたくせに。

「ほら、もう行くわよ。クロヴィス様に呼ばれてるんでしょ？」

「ああ、そうだったな」

私とジークは事後処理をしてから、辺境伯家に戻った。

辺境伯家の使用人達の名前も全員覚えて、今ではすっかり私も辺境伯家の人間って感じがして、少し嬉しい。

歩き慣れた廊下を通って、クロヴィス様がいる執務室へと向かう。

「私達二人に話があるって言ってたけど、何の話か知ってる？」

「さあ、知らないな」

一人ずつ呼ばれることは多いが、二人一緒に執務室に呼ばれることはあまりない。

どんな内容なのか、と思いながら向かって話を聞くと……。

「二人とも、これから王都に行け」

「えっ？」

いきなりそんな話をされて、ビックリした。

「王都？　なぜですか？」

ジークも不思議そうに問いかけた。

「辺境地で戦うばかりで、お前らは人脈を全く作っていなかったと思ってな」

「人脈作り？　そういえば、前に母上が話してましたね」

「ああ、貴族は狭い社会で回っている。最低限の人脈は作っておいた方がいいだろう。幸い、魔物の侵攻も最近はだいぶ落ち着いてきた」

なるほど、そういうことなら王都に行く必要があるわね。

だけどジークが行くのはわかるけど、私も？

「クロヴィス様、私も行くのですか？」

「もちろんだ、ルアーナもディンケル辺境伯家の者として行くぞ」

「辺境伯家として……いいんですか？」

「もちろんだ。王都にはタウンハウスもあるし、そこにしばらく滞在すればいいだろう」

それは嬉しいのだが、私がディンケル辺境伯家の一員として行くのは少し躊躇する。

家族だと私は思っているが、公の場でディンケル辺境伯の家名を名乗るのは迷惑をかけそうだ。

そう思って断ろうとしたのだが、執務室にまた人が入ってきた。

「あら、みんな揃ってるのね。私だけ仲間外れなんて寂しいわ」

アイルさんは一年近く前まで療養していたとは思えないほどに元気だ。

「酷いわ、あなた。ジークちゃんもルアーナちゃんもいるのに、私を呼んでくれないなんて」

「仲間外れにしたつもりはないよ、アイル。君も呼ぶつもりだった」

「そう？　それならいいけど」

私とジークの前に座っているクロヴィス様の隣……ではなく、膝の上に横向きに座ってお姫様抱っこのようになるアイルさん。

「こらこら、アイル。息子達の前だぞ」

「いいじゃない。それとも、あなたは嫌なの？」

「嫌なわけがないだろ、アイル」

……私達を放ってイチャつき始めた辺境伯夫妻。

アイルさんがこの屋敷に帰ってきてから、たびたび起こっていることでもう慣れてしまった。

いつも厳しいクロヴィス様が、まさかここまで愛妻家だとは思ってもいなかったけど。

アイルさんは魔毒で三年間眠っていた影響はなく、戦場にも普通に立っている。

クロヴィス様やジークは、そんなアイルさんをいつも心配そうに見つめているが。

「だけどあなたが言う通り、ルアーナちゃんがうちの家族として王都に行ってくれると嬉しいわ」

「……ありがとうございます、アイルさん」

「早く周りにも自慢の娘って言いたいんだけど……」

「そうだな、アイル。私もルアーナが正式な手続きで娘になれば嬉しいが」

お二人は見つめ合いながらも、チラチラと私の隣にいるジークを見ている気がする。

なんでだろう？　もしかして息子じゃなくて、娘が欲しかったとか？

私もジークを見ていると、彼は気まずそうに視線を逸らす。

「……なんで俺のこと見てんだよ」

「ううん、ちょっとね……」

そういえばジークとクロヴィス様は容姿が似ているけど、性格も似ている気がする。

「もしかしてジークも……」

「俺がなんだよ」

「いや、ジークもいつか結婚したらクロヴィス様のように、奥さんをすごく愛してあげるのかなぁ、って」

「なっ⁉」

私の言葉に顔を真っ赤にして動揺するジーク。

「あっ、やっぱり自分でもそう思うの？」

「う、うるさい！　別に俺は父上と母上みたいには……！」

「いや、なるぞ。ジークは私に似ているからな、奥さんを心の底から愛してやまない夫になるだろうな」

「うんうん、ジークちゃんはあなたに似ているもの。絶対に奥さんを幸せにすると思うわ」

「父上！　母上！　少し黙っていてください！」

とても恥ずかしそうにしているジーク、なんだか可愛らしい。

だけどそれはとても素晴らしいことだし、恥ずかしがることではないと思う。

「大丈夫よ、ジーク」

「な、何がだよ」

「あなたは意地悪で素直じゃないところがあるけど、とても優しくてカッコいい男性だから」

「っ、い、いきなり何を……」

「だからいつか、とっても素敵な女性に出会えるわ」

「…………あ、そう」

えっ、なんでいきなりそんなに冷めるの？

すっごい褒めて励ましてあげたつもりなんだけど。

「はぁ、まあそうなると思ったが……ルアーナはいつも通りだな」

「ジークちゃんが可哀そうだけど、私達がやれることは何もないわね」

お二人が顔を寄せてコソコソと話しているが、何を言っているのかは聞こえない。

その後、私とジークが王都に行く話をして、解散した。

一週間後、私とジークは王都に到着していた。

辺境伯領よりも建物も大きく、人が多くて栄えている都。

王都ってこんな感じなのね。

「王都か、小さい頃に来て以来だな」

「そうなのね」

「ルアーナは伯爵家を出て三年ぶりか？」

「ええ、だけど懐かしいって気持ちはないわね」

「そうなのか？」

「ええ、だって街にはほとんど出なかったから」

「……そうか」

あ、またちょっと気まずい雰囲気に……。

いけないわね、王都に来てすぐに。

やっぱり少し嫌な思い出があるから、気が滅入っているのかも。

「ジーク、この後はタウンハウスに荷物を置いたら、夜にパーティーがあるんでしょ？」

「そうだな、いきなりで俺も少し驚いたが」

「私は社交界は初めてだし、エスコートよろしくね」

「ああ、任せとけ」

初めてのことで緊張するけど、戦場よりは楽だと思うから……大丈夫よね？


そして、その日の夜。

私とジークは正装して会場へと向かった。

ジークの正装なんて初めて見たけど、なかなかカッコよく決まっていた。

もともと顔立ちも整っているし、身長が高くてスタイルも抜群だから、似合うにきまっているけど。

だから普通に「似合っているわね」と言ったら、ジークは照れたように頰をかいた。

「イヤリング、それで行くのか？」

「ええ、これが一番気に入ってるから」

前にジークにもらったイヤリングを付けている。

アイルさんとも宝飾品はいろいろと買いに行ったけど、初めてのパーティーではこのイヤリングを付けたいと思ったから。

「……そうか。まあ、似合ってるぞ」

「ふふっ、ありがとう」

買ってもらった豪華なドレスを着ていて、少し似合っているか不安だったけど、ジークに言われて安心した。

お世辞を言うような性格じゃないし、大丈夫だろう。

そして私達は招待されたパーティーに着いて、二人で広い会場の中を回る。

多くの貴族の方々がいて、各々会話をして楽しんでいるようだが……。

「ジーク、ここって皇宮で、皇族が主役よね？」

「ああ、そうだな。皇族が開いてるパーティーだしな」

「そうよね……」

社交界デビューが皇宮のパーティーって、さすがに緊張がすごいんだけど。

とても豪華すぎて、そこらへんに飾ってある壺なんか倒したら、死ぬまで弁償させられるんじゃないか、と思うほどだ。

あとさらに緊張させられる要因が……。

「なんで私達はこんなに注目されてるの？」

戦場にずっといたからか視線には敏感で、とても注目されているのはわかった。

それでも遠目で見られているからか、私とジークの周りにはまだ人はほとんど来ない。

「そりゃ辺境伯領からここ数年出てこなかったディンケル家の子息と、よくわからない令嬢が一緒にいたら目立つだろう」

「なるほど……って、よくわからない令嬢って何よ」

「他の貴族から見れば、どこの誰だかわからない令嬢ってことだよ」

確かに、アルタミラ伯爵家の婚外子だなんて、たぶん誰も知らないでしょうね。

「私、どこの家か聞かれたらなんて答えればいいの？」

「そりゃ、ディンケル辺境伯家でいいんじゃねえか」

「家名も？　何かいろいろ問題が生じない？」

「大丈夫だ、父上と母上はもうお前を家族と認めている」

あの方々は私を家族として扱ってくれているから、とても嬉しい。

「だけど私がディンケル家の家名を今使ったら、ジークの妻に見られない？」

「なっ⁉　そ、そうは見られないだろ、多分……」

いきなり狼狽えて、ジークは恥ずかしそうに私から視線を外す。

まあそうか、兄妹に見られるわよね。私が姉ね、うん。

しばらくそうしていると、会場の階段があって床が少し高くなっているあたり、そこに人が立って全員が注目する。

どう見てもこの中で一番豪華な服装、さらには頭に王冠も。

私にも一目で、この方が皇帝陛下だということがわかる。

顔に少しだけ皺があって年を重ねているように見えるが、それでもとても威厳がある雰囲気を持っていた。

皇帝陛下が登場した瞬間、会場内の会話がピタッと止まった。

「皆の者、今宵はよく集まってくれた。本日はこの会場に、素晴らしき者達が来てくれた」

ん？　なんか皇帝陛下がこっちを向いてない？

「ディンケル辺境伯家の者達、前へ」

皇帝陛下がそう言ってこちらを向いているので、会場中の視線が私達に。

えっ、な、なんで？　それに「者達」って言ってたから、私も？

「ジ、ジーク、こんなの聞いてた？」

私が小さな声でそう問いかけると、ジークはニヤリと笑った。

「ふっ、ああ、聞いてた」

「なんで言わないの!?」

「その方が楽しいから」

こいつ……！

三年前からこういうところは変わってないのね！

「あとは……面倒なことは、お前は知らなくていいと思ってな」

「えっ？」

どういうことかしら？　面倒なこと？

「ほら、早く行くぞ。皇帝陛下がお待ちだ」

ジークが腕を差し出してくれたので、私は肘あたりに手を置いてリードされる。

とても注目されながら、私達は皇帝陛下の前に出て、頭を下げる。

「ジークハルト・ウル・ディンケル、皇帝陛下にご挨拶申し上げます」

ジークの後に続いて私も言おうとしたのだけど、なんて名乗ればいいのか迷う。

だけど……。

「ルアーナ・チル・ディンケル、皇帝陛下にご挨拶申し上げます」

私もクロヴィス様を、アイルさんを、そしてジークを。

家族だと思っているから。

私の名乗りを聞いて、横にいるジークの口角が上がった気がした。

「ディンケル辺境の地。周知の通り、そこは魔物の侵攻をずっと食い止めていて、この帝国を守り続けている地だ」

皇帝陛下がここにいる人達に話しかけて説明するように続ける。

「ここにいるジークハルト、ルアーナは、戦場で何年も戦い続け、聖騎士、聖女として活躍している」

えっ、皇帝陛下にまで私が聖女って呼ばれていることが知られているの？

それにジークが、聖騎士？

なにそれ、初めて知った。

全く聖騎士っていう見た目というか、戦い方をしていない気がするけど。

「よってこの二人に、そしてディンケル辺境伯家に、特別褒章を授けることが決まった」

……なんかいろいろと驚きすぎて、よくわからない。

私とジークが特別褒章を貰うの？

「受け取ってくれるな？」

「はい、光栄でございます、皇帝陛下」

ジークがすぐに返事をした。やはり彼は知っていたようだ。

私も返事をしないといけない、と思って口を開いたのだが……。

「お、お待ちください、皇帝陛下！」

静まっていた会場に、そんな叫び声が響いた。

そちらを見ると……私の父親、ヘクター・ヒュー・アルタミラ伯爵が慌てたように出てきた。

後ろにはデレシア伯爵夫人もいた。

この二人がここにいることは知らなかったけど、広い会場の中のどこかにいるだろうとは思っていた。

「ヘクター・ヒュー・アルタミラ伯爵です。皇帝陛下、ご無礼をお許しください。しかし今の話の中に、偽りがあることを伝えに参りました」

「……なんだ？」

小さく笑みを浮かべてご機嫌だった皇帝陛下が、とても不機嫌そうに問いかけた。

その低い問いかけに狼狽えたアルタミラ伯爵だが、声を震わせながら続ける。

「お、恐れながら申し上げます。ルアーナはアルタミラ伯爵家の者です」

「ほう？」

「なぜかディンケル辺境伯家の家名を名乗っておりますが、私の家の者です。なので特別褒章でしたら、ディンケル辺境伯家ではなくアルタミラ伯爵家にいただくことが道理かと」

……何を言うかと思ったら、本当にこの人達は救えない。

私のことを娘なんて思ったこともなければ、アルタミラ伯爵家の者なんて一度も認めなかったくせに。

私が特別褒章を授かろうとした瞬間、手の平を返してそれを言いに来たのね。

伯爵家が特別褒章を貰いたいために、この時だけ。

「ルアーナ、そうよね？　あなたは私達の家の子よね？」

デレシア夫人が、周りの視線を気にしながら震えた声で問いかけてくる。

本当に、浅ましい人間ね。

「いいえ、違います。私はアルタミラ伯爵家の人間ではございません」

アルタミラ伯爵とデレシア夫人が私を睨んでくるが、私も睨み返す。

三年間戦場に立っていたのだ、こんな人達から睨まれたところで、何も怖さを感じない。

「この者は、そう言っているようだが？」

「ち、違います！　ルアーナが嘘をついているだけで、調べればわかります！」

確かに私がここで口だけで言っても、書類上、私はアルタミラ伯爵家の者になっているはず。

本当に厄介で面倒ね。

「いいや、調べる必要はない」

「えっ……？」

「ルアーナ・チル・ディンケル。彼女は正真正銘、ディンケル辺境伯家の者だ」

「そんな馬鹿な……⁉」

皇帝陛下の言葉に、私も驚いた。

婚外子だとしても私はアルタミラ伯爵家の籍に入っていたはず。

「ジーク、どういうこと？」

私は小さな声でジークに問いかける。

「だから言っただろ、父上と母上は家族と認めていると」

「えっ、もしかして……」

「ああ、もうすでにお前の出自を書き換えて、ディンケル辺境伯家の者にしている」

「そ、そこまでやってたの？　というか、そんなことできるの？」

「父上は皇帝陛下と仲が良いらしいからな。それにお前の活躍は辺境伯家も、そして皇帝陛下もご存じだ」

私はそれに驚いて皇帝陛下の方を見ると、視線が合った。

瞬間、目尻を下げて笑った感じがして、それがクロヴィス様のニヤッとした顔と似ているように感じた。

まさかここまで手回しが済んでいるとは思わなかった。

「それで、何か言いたいことは他にあるか？」

皇帝陛下がアルタミラ伯爵とデレシア夫人を睨みながら問いかける。

「くっ……！」

「あ、その……」

二人は何も言うことができず、ここに集まっている貴族の方々から冷たい視線を浴びている。

誰がどう見ても、醜態を晒していると断言できるわね。

「何もないなら下がれ。時間の無駄だ」

「も、申し訳ありませんでした……」

私の元両親は、クスクスと笑われながら会場の後ろの方へ下がっていった。

五年間、ずっと怖くて何も反抗できなかった両親。

両親のあんな無様な姿を初めて見たけど……性格が悪いかもしれないけど、とてもスカッとした気持ちになるわね。


その後、私とジークは特別褒章を頂き、皇帝陛下の話は終わった。

静かだった会場が、また貴族の方々の話し声で埋まり始めるのだが……。

「ルアーナ様、おめでとうございます！」

「とても素晴らしい功績ですわ！」

「ディンケル辺境伯領でのご活躍、ぜひお話を伺いたいです！」

いきなりいろんな令嬢から私は話しかけられ始めた。

さっきまでは遠くで見ていた人達が、特別褒章の話をきっかけに声をかけに来ているみたい。

「あ、あの……」

まさかこんなに来るとは思わなかったから、私は戸惑ってしまう。

最初に家名を言われたけれど一気に来て混乱していたから、ほとんど名前を覚えてない。

ど、どうしよう……！

「失礼、ルアーナは社交の場に慣れていないので、私も一緒にお話ししても大丈夫ですか？」

私が困っていると、隣にいたジークが割って入ってくれた。

とてもいい笑みを浮かべているんだけど……なんかすっごい違和感。

初めて見る余所行きの笑み、顔立ちは整っているので好青年な感じが出ている。

「あっ……は、はい」

「ぜひジークハルト様のお話も……」

ジークの好青年な笑みを見て、令嬢達は顔を赤くする。

まあカッコいいし、顔を赤くする理由はわかる。

ジークが適当に戦場での話をすると、さらに令嬢達の目がうっとりとしてきた。

最初はいろんな話をしていたのだが、最後の方は令嬢達がジークに「好きな女性のタイプはなんでしょうか？」などと聞き始めていた。

あからさまにジークを狙い出している……まあ彼は辺境伯家の嫡男だし、婚約を狙うとしたらかなり有望株だろう。

ジークもさすがにそこまでは想定していなかったみたいで、少し困っているようだ。

助けてあげたいけど……正直どうやって助ければいいかわからないわね。

「ルアーナ嬢、今、ご挨拶してもよろしいですか?」

「えっ、あ、はい」

後ろから話しかけられたので振り向くと、貴族の若い男性がいた。

挨拶をされて、私も挨拶を返す。

「改めて、特別褒章おめでとうございます」

「ありがとうございます」

「お若くてお綺麗な上に、本当に素晴らしいですね」

「ふふっ、そんなに褒められると照れてしまいます」

愛想笑いをしながら適当に話す。社交の場ってわからないけど、こんな感じでいいのかな?

「よろしければもっと詳しいお話をお聞きしたいので、今度一緒にお食事でも……」

「失礼」

貴族の男性の言葉を遮るように、ジークが私の前に出た。

ジークはさっきの好青年の笑みをすっかり消して、戦場での少しピリピリしている雰囲気に似ていた。

「な、なんでしょうか?」

若い貴族の男性もその雰囲気を感じ取ったのか、声を震わせて怯えてしまっている。

「……失礼、彼女が緊張で体調を崩したようなので、外に連れていきます」

「えっ、別に私は……」

「体調を、崩しているよな？」

「……そ、そうね」

好青年らしい笑みを浮かべているのに、威圧感がすごいある感じで確認してきたので、私もあまり刺激をしないように仕方なく頷いた。

「では、失礼。ご令嬢の皆様も、失礼します」

男性の方には冷たく言い放ち、女性達には笑みを浮かべて言った。

令嬢達は顔を赤らめながら「はい……」と言ってくれたので、私達は会場を出て庭へと向かった。


皇宮の庭はとても広く、夜なのでほのかな光を放つ魔道具で、庭の中心を照らしていた。

そのあたりには人はあまりおらず、逆に少し暗いところに男女がチラホラといる。

「ここって……もしかして、男女の逢瀬の場所とか？」

「ああ、会場で仲良くなった男女が仲を深める場所だ」

なるほど、だからみんな魔道具から離れた少し暗いところで目立たないように話しているのか。

「私達も目立たないように暗いところに行く？」

「……まあ、そうだな」

ジークの返事が少し躊躇ったように聞こえたけど、気のせいかな？

とりあえず少し光が届くくらいの暗い場所に向かい、ベンチがあったのでそこに座る。

逢瀬用なのかわからないけど、ベンチも用意されてるのね。

「はぁ、社交の場って疲れるわね。まあ戦場ほどじゃないけど」

「俺も久しぶりだから、なかなか大変だったな」

「そう？　結構上手くできてたと思うけどね」

「まあお前よりはな。人の名前、全然覚えられてなかっただろ」

「うっ……それに関しては助けてくださりありがとうございます」

さすがに気づかれていたか、まあ気づいてくれたから助けてくれたんだろうけど。

「だけどあの男性が来た時は別に助けなくてもよかったのに。一対一だから名前を忘れることは絶対になかったよ」

「……一対一だから、だろうが」

「えっ？」

「っ、なんでもない。ルアーナ、喉渇いてないか？」

「えっ、まあ少しだけ」

「適当に飲み物貰ってくるから、ここにいろ」

ジークは何か誤魔化すように、会場へと戻ってしまった。

照れている感じだったけど、何に照れてたんだろう？

まあ喉は渇いていたから、その気遣いは嬉しいけど。

ベンチに座ってボーッと待っていると……。

「おい、ルアーナ」

「ん？　あっ……」

ジークの声ではない男性に名前を呼ばれて、そちらの方を向くと……アルタミラ伯爵家の嫡男、グニラお義兄様がいた。

それに隣にはエルサお義姉様もいるわね。

暗くても、二人のことはすぐにわかった。

「お久しぶりです、お義兄様、お義姉様」

私は一応立ち上がって、軽く笑みを浮かべて挨拶をする。

伯爵家にいた頃はこの人達と顔を合わせたくないと思っていた。

今も同じ気持ちだが、少し違う。

昔は「怖い、近づきたくない」という気持ちだったが、今は「めんどくさい、近づいてほしくない」といった気持ちだ。

「はっ？　なんだその態度」

「ほんと、そのイラつく顔が見えなくなるまで頭を下げて挨拶しなさいよ」

二人は暗くてもわかるくらいに嫌悪感で顔を歪めたようだ。

私の方が顔をしかめたいくらいだけど？

やっぱり予想通り、何か文句を言いに来たようね。

「お二人揃って、私に何か御用でしょうか？」

私が笑みを浮かべたまま問いかけると、二人はさらにイラついたように口調を荒げる。

「ああ？　お前、本当に調子に乗ってるな」

「辺境伯に媚びを売って特別褒章を奇跡的にいただいた分際で、偉そうに……！」

この二人は私が自分の実力で特別褒章をいただいた、なんて全く思ってないようね。

三年前の伯爵家にいた頃の私を見ていれば、そう思っても不思議ではないけど。

「お前のせいで父上と母上が恥をかいて、アルタミラ伯爵家の名に傷がついたんだぞ！」

「土下座じゃ足りないわ！　あなたなんか、死んで詫びなさい！」

叫ぶように言う二人、うるさくて周りの人達が離れていくのがわかった。

私が伯爵家にいた頃のように、ここで何も逆らわずに「ごめんなさい」とでも言うと思っているのだろうか？

この人達は三年間で何も変わらなかったみたいね。

「あの方々が恥をかいたのは、自業自得では？　私には全く関係ない……とは言いませんが、謝罪する必要も価値もないですね」

「な、なんだと⁉」

「あなたみたいな出来損ないを育ててあげた両親に向かって、なんていうことを……！」

私の言葉に目を見開いた二人だが、驚いたのは私の方だ。

あの人達に育てられた記憶は一切ない。

最低限の衣食住は保障されていたが、それ以上に苦痛を与えられた。

「私はあの人達を両親と思ったことも、家族だと思ったこともありません。私の家族は亡くなった実母と、ディンケル辺境伯家の方々です。あなた達のことも、兄姉だと思ったことはありません」

「ふざけやがって……！　俺もお前なんて、妹だと思ったことは一度もない！」

「私もよ！　誰があなたみたいな出来損ないを妹だなんて……！」

「出来損ない？　今宵の社交界で特別褒章をいただいたディンケル辺境伯家、恥をさらしたアルタミラ伯爵家。どちらが出来損ないなのかは、明白では？」

「お前、いい加減にしろ！」

「どっちが上か、思い出させてあげる！」

私が嘲笑いながら言い放った言葉に、二人は我慢できなかったのか顔を怒りに歪めて近づいてくる。

伯爵家にいた頃は暴力を振るわれたこともある。

私はそれに対抗できず、ただ受け止めるしかなかったけど、今は違う。

「このっ！」

「お兄様、何してるの！　早く当ててよ！」

「くそっ、ちょこまかと動くな！」

グニラお義兄様が大きく振りかぶって殴ってくるが、それを軽く避ける。

魔導士として前線で戦っていたので近接戦は苦手だが、攻撃を避けるのは訓練してきた。

お義兄様も多少は訓練をしているだろうが、戦場で三年間命を懸けて戦ってきた私ほどではない。

そして私の魔法は魔物にはとても効果があるのだが、人体には全く害を与えない。

むしろ怪我や傷を治すくらいだ。

だけど、多少の攻撃手段はある。

私は攻撃を躱してから、手の平をお義兄様の顔の前に出す。

「『光明』」

「ぐあぁぁぁ⁉　目がぁぁぁ⁉」

光を使った、ただの目潰しだ。

だけど効果は絶大で、お義兄様は目を押さえて倒れた。

全力でやったら失明くらいさせられるけど、そこまではしない。

それでも丸一日くらいは何も見えなくなるでしょうね。

「あ、あんた、お兄様になんていうことを……！」

「襲ってきた人を返り討ちにした、正当防衛です。エルサお義姉様も、私とやりますか？」

「くっ……！」

グニラお義兄様よりも魔法も弱く、近接戦もできないエルサお義姉様。

私に挑んでくる度胸もないようね。

「それならもう帰ってくれませんか？　私はここで待ってる人が……」

「ゆ、許さない、許さんぞ、お前ぇぇぇ！」

「っ！」

お義兄様が後ろでふらふらと立ち上がりそう叫んだ、と同時に炎の魔法を放った。

何も見えていないはずのお義兄様、だから全方位に魔法を放って私を攻撃しようとしているようだ。

「どこだ、どこにいる!?　絶対に許さんぞ、ルアーナァァ！」

「ちょ、お兄様！　私もいるのですが……！」

エルサお義姉様の言葉も届いていないようで、炎魔法を放ち続けるお義兄様。

まさか皇宮の庭でこんな魔法を出すとは思わなかった。

魔法を使えば自分の身は守れるけど、このままでは他の人が巻き込まれてしまう。

どうしようかしら……。

そう思っていると、お義兄様に近づく影が見えた。

あれは……。

「ルアーナを、絶対に殺して……！」

「誰を、殺すって？」

「あぁ？」

「ゴミが、ルアーナに指一本も触れさせねぇよ」

炎の魔法を簡単に突破したジーク、そのままお義兄様の横っ面に拳を入れた。

「ぶへっ⁉」

吹っ飛んで地面に転がったお義兄様、炎も消えたので気絶したようだ。

気絶、よね？　死んではないわよね？

「俺が飲み物を取りに行ってる間を狙ったのか知らねぇが……」

「ひっ⁉」

ジークに睨まれたお義姉様が悲鳴を上げる。

訓練された兵士ですら怖がるジークの威圧感、お義姉様には耐えられないだろう。

「ルアーナに手を出すなら、俺が許さねえ。わかったか？」

「は、はい、ごめんなさい……！」

「わかったなら、そこのゴミを連れて消えろ」

お義姉様は涙を流しながら、気絶したお義兄様を引きずってどこかへ消えていった。

「ルアーナ、大丈夫だったか？」

「ありがとう、ジーク。お陰で助かったわ」

「……ああ、まあ、今のお前ならあんな奴らの相手、問題ないとは思ったが」

私がお礼を言うと、ジークはいつも通りの照れながらの返事をした。

「だけどさすがにあの威力で殴るのはやりすぎじゃない？　お義兄様、死んでないわよね？」

「死んでねえよ……多分」

「なんでそこまで本気で殴ったのよ？」

「それは、お前が……やっぱりなんでもない」

私が何なのかよくわからないけど……ジークの性格上、これ以上聞いても話さないだろう。

「そろそろ会場に戻る？　クロヴィス様から、社交界で人脈を作れって言われてるしね」

「ああ、そうだな」

「人脈作りって言うと貴族って感じがするけど、私、友達が欲しいのよね」

「友達？」

「うん、そう」

平民の頃も友達はいなかったし、アルタミラ伯爵家に行ってからは友達どころか話し相手すらいなかった。

ディンケル辺境に来てからは話す人が増えたけど、友達という関係の人はいない。

兵士の方々には敬ってもらっているけど、少し距離を置かれている気がする。

「そういえばジークも友達っていないわよね？」

「まあそうだな。俺の下についてる兵士の奴らはいるが」

「それは友達っていうよりは部下でしょ。ジークも同性の友達とか作れば？」

「お前も同性の友達が欲しいのか？　異性はいらないのか？」

「異性の友達も欲しいけど、まずは同性からじゃない」

「……そうかよ」

なんかふてくされたような感じになってしまった。

あっ、もしかしてジーク、私に異性の友達ができるのを嫉妬しているの？

意外と可愛いところがあるのよね。

「大丈夫よ、ジーク」

「あっ？　なにがだよ」

「私に異性の友達ができても、ジークは特別だから」

「なっ⁉　そ、それって……」

頬を赤くして聞いてきたジークに、安心させるように笑みを浮かべて言う。

「あなたは家族だから、特別よ」

「……はぁ、そうかよ」

えっ、なんかため息をつかれて、呆れられた感じなんだけど。

なんで？　もしかして……。

「えっと、ジークは私を家族って認めてくれていないの……？」

クロヴィス様とアイルさんは私をディンケル辺境伯家の家族として認めてくれた、と言っていた。

だけどジークは、認めたとは一度も言ってなかった。

妹と思っているとは言ってくれたけど……。

私の言葉に彼は一瞬だけ目を見開いてから、ふっと優しく笑う。

そして私の頭に手を置いて、軽く頭を撫でてきた。

「なに心配そうな顔してんだ、そんなわけねえだろ」

「ほんと？」

「ああ、ルアーナは……俺の特別だよ」

ジークの言葉に、私は胸のあたりが温かくなるのを感じた。

それと同時に、顔が熱くなっていく。

まさかジークがそんな優しい声色で言うとは思っていなかったから、私は恥ずかしくなってしまった。

「あ、ありがとう、ジーク……」

「ああ……」

ジークも恥ずかしくなったのか、お互いに少し黙ってしまう。

「そ、そろそろ会場に戻ろっか」

私がそう言ってジークよりも先に歩き出し、会場の方へと向かっていく。

「……今の関係のままじゃ、絶対に終わらせないがな」

「えっ？　なんか言った？」

「いや、なんでもねえよ。戻るぞ」

「う、うん」

ジークが私に並んで歩き始める。

最後にジークが言った独り言は聞こえなかったけど——その独り言の真相を知るのは、遠い未来ではなかった。

「これからもよろしくね、ジーク」

「ああ、よろしく、ルアーナ」

私はふと、付けている青い宝石のイヤリングを軽く触(さわ)って、頰を緩(ゆる)めた。

# あとがき

読者の皆様、初めまして。作者のshiryuです。

この度は本作をお読みいただきありがとうございます！

本作は個人的に挑戦的なジャンルだったので、自分も楽しんで描けました。読者の皆様にも楽しんでいただけたら幸いです。

コミカライズも決まっておりますので、そちらも合わせて楽しんでいただけると……いや、一緒に楽しみましょう！　自分も楽しみです！


ご存じの方も多いかもしれませんが、本作は小説投稿サイトで連載していた作品です。

そこに載せていた内容よりも、結構加筆しました。

主にルアーナとジークの関係をさらに詳細に描くためにです。

自分は女性向けの異世界ファンタジーを描いたことがなかったので、女性読者の視点を想定するのが少し難しかったです。

編集者の方にアドバイスをいただいて、しっかり加筆して物語を描くことができました。

個人的にもルアーナとジーク、二人の関係性を描き足りないと思っていたので、アドバイスをしっかりいただいて加筆してよかったです。

ルアーナも可愛く描けましたが、ジークが可愛くカッコよく描けたような気がします。

素直になれない男性で、だけど少し独占欲があるような男性って……いいですね！

ジークの魅力が読者の方に少しでも伝わったのならば、加筆した甲斐があったというものです。

そしてジークやルアーナの魅力をさらに上げるような素晴らしいイラストを描いてくださったRAHWIA先生、本当にありがとうございます！

この作品は自分の中でも新しく挑戦し、成長できたような作品だと思います。

一巻も自信を持って面白いと言える作品となりましたが、二巻以降を書けるのであればさらに良いものをお届けしたいです。

本作の物語はまだ終わっていません。ルアーナとジークの関係も発展させたいです。

なので読者の皆様と二巻でお会いできることを、楽しみにしております。

以上、ここまでのお相手は shiryu でお送りいたしました！

shiryu

「生贄として捨てられたので、辺境伯家に自分を売ります ~いつの間にか聖女と呼ばれ、溺愛されていました~」
の感想をお寄せください。

おたよりのあて先

〒102-8177　東京都千代田区富士見2-13-3
株式会社KADOKAWA　角川ビーンズ文庫編集部気付
「shiryu」先生・「RAHWIA」先生

また、編集部へのご意見ご希望は、同じ住所で「ビーンズ文庫編集部」
までお寄せください。

# 生贄として捨てられたので、辺境伯家に自分を売ります

## ~いつの間にか聖女と呼ばれ、溺愛されていました~

**shiryu**

角川ビーンズ文庫　23652

令和5年5月1日　初版発行

発行者———山下直久
発　行———株式会社KADOKAWA
〒102-8177　東京都千代田区富士見2-13-3
電話 0570-002-301 (ナビダイヤル)
印刷所———株式会社暁印刷
製本所———本間製本株式会社
装幀者———micro fish



●お問い合わせ
https://www.kadokawa.co.jp/ (「お問い合わせ」へお進みください)
※内容によっては、お答えできない場合があります。
※サポートは日本国内のみとさせていただきます。
※Japanese text only

ISBN978-4-04-113652-2 C0193 定価はカバーに表示してあります。

◇◇◇

シリーズ
好評発売中!
やり直し令嬢は竜帝陛下を攻略中
WEBで話題!
人生2周目は10歳の
竜妃サマ!?
しかも敵だった陛下に
求婚してました
永瀬さらさ
イラスト 藤未都也
婚約破棄された王太子と出会った場に、時間が戻った令嬢・ジル。破滅ルート回避のためとっさに求婚した相手は闇落ち予定の皇帝ハディス!? だが城でおいしいご飯を作ってもらい——決めた。人生やり直し、彼を幸せにします!

●角川ビーンズ文庫●

悪役をやめたら義弟に溺愛されました
When I quit being a villain, my brother-in-law doted on me.
著／神楽 棗
イラスト／大庭そと
転生先は義弟をいじめる悪女!?
殺されないために義弟を大切にします!
前世で書いた小説に転生し公爵令嬢・レリアとなったが、自分が冷たく無表情な義弟・ルディウスをいじめて殺されるキャラだと気がつく。その未来の回避のため、弟を大切にするぞと決意し可愛がるうちに、なぜか義弟から迫られて!?
好評発売中!!!

心が読める王女は
婚約者の溺愛に気づかない
万能王女は
好きな人の心だけ読めない――!?
すれちがいラブ!
著／花鶏りり　イラスト／紫藤むらさき
数々の魔法を使いこなす万能王女・エステリーゼ。そんな彼女の悩みは、やたら溺愛してくる素振りの婚約者・セオドアの存在で……。
読心魔法によると、あなた、私のこと嫌いよね!?　絶対に騙されないんだから――!
好評発売中!!!

●角川ビーンズ文庫●

借金令嬢とひきこもり竜王子
専属お世話係は危険がいっぱい!?
人間不信王子のお世話は、
どこまでも手強いようです!?
借金返済お世話ラブコメ!
著／青田(あおた)かずみ　イラスト／ウラシマ
伯爵令嬢コルネは借金返済のため、第二王子メルヴィンの世話係に。人間不信でひきこもりの彼に振り回されるある日、コルネはひきこもりの“秘密”を知ってしまい!?　わがまま王子とお人好し令嬢のお世話ラブコメ!
好評発売中!!!

黒幕令嬢なんて心外だわ!
素っ頓狂な親友令嬢も
初恋の君も
私の手のうち
初恋を叶えるために
一生懸命なだけなのに——
「黒幕」なんて失礼ね!
第7回
カクヨムWeb小説コンテスト
恋愛(ラブロマンス)部門
特別賞
受賞
著/野菜ばたけ イラスト/赤酢キエシ
幼い頃の初恋を胸に、ある「夢」を追いかける公爵令嬢・シシリー。
でも王太子の婚約破棄騒動など次々と邪魔が入り……って
私が解決するしかない、だと!?
史上最高にピュアな黒幕令嬢の華麗なる暗躍!
好評発売中!
●角川ビーンズ文庫●